www.ingramcontent.com/pod-product-compliance
Lightning Source LLC
LaVergne TN
LVHW050817051026
849532LV00008B/3008
* 9 7 8 9 3 6 9 0 8 8 9 1 1 *

حرم سرا کا محبوب

(ناولٹ)

الیاس سیتاپوری

© Ilyas Sitapuri
Haram-Saraa ka mahbuub *(Novelette)*
by: Ilyas Sitapuri
Edition: February '2025
Publisher :
Taemeer Publications LLC (Michigan, USA / Hyderabad, India)

ISBN 978-93-6908-891-1

کتاب	:	**حرم سرا کا محبوب** (ناولٹ)
مصنف	:	**الیاس سیتاپوری**
صنف	:	تاریخی فکشن
ناشر	:	تعمیر پبلی کیشنز (حیدرآباد، انڈیا)
سالِ اشاعت	:	۲۰۲۵ء
صفحات	:	۶۲
سرورق ڈیزائن	:	تعمیر ویب ڈیزائن

پانی پت کی تیسری جنگ میں احمد شاہ درانی اور روہیلہ سردار نواب نجیب الدولہ وغیرہ نے مرہٹوں کی کمر توڑ کر رکھ دی اور برصغیر پر ہندوؤں کی ایک عظیم الشان حکمرانی کا حسین اور کیف آور خواب بکھر کر رہ گیا۔ اس جنگ میں بڑے بڑے مرہٹہ سردار مارے گئے۔

ان مرنے والوں میں پیشوائے پونا کا مغرور اور تجربہ کار بھائی سداشیو راؤ بھاؤ، پیشوائے پونا کا نوجوان اور خوبصورت بیٹا بسواس راؤ اور پیشوائے پونا کے سیاسی، انتظامی اور فوجی امور کا ماہر جن کوجی سندھیا شامل تھے۔ نوجوان اور خوبصورت بسواس راؤ مرہٹہ لشکر کے ساتھ اس لئے دہلی بھیجا گیا تھا کہ لال قلعہ کے مغلیہ تاج و تخت کے تاج میں تک جو تیموری بت رکھا تھا اسے اٹھا کر جمنا میں پھینک دیا جائے اور اس طاق میں فرماں روائے ہند کے بت کی حیثیت سے بسواس راؤ کو بٹھا دیا جائے، لیکن ان ان مرنے والوں میں پیشوائے پونا کا نوجوان اور خوبصورت بیٹا بسواس اور پیشوائے پونا کے سیاسی، انتظامی اور فوجی امور کا ماہر جن کوجی سندھیا شامل تھے۔ نوجوان اور خوبصورت بسواس راؤ مرہٹہ لشکر کے ساتھ اس لئے دہلی بھیجا گیا تھا کہ لال قلعے کے مغلیہ تاج و تخت کے طاق میں فرماں روائے ہند کے بت کی حیثیت سے بسواس راؤ کو بٹھا دیا جائے لیکن ان میں سے کسی ایک کو بھی وطن جانا نصیب نہ ہوا۔ جن کوجی سندھیا کا چچا مادھوجی سندھیا پانی پت کے میدان سے اپنی جان بچا کے بھاگنے میں کامیاب ہو گیا، اس کی چھریری کاٹھیاواڑی گھوڑی ہوا سے باتیں کرتی بھاگی چلی جا رہی تھی۔ ایک افغان نے اس کا تعاقب شروع کر دیا۔ افغان کا گھوڑا بھی بلا کا تیز رفتار نکلا اور دم بدم گھوڑی سے قریب ہوتا چلا گیا یہاں تک کہ مادھوجی سندھیا افغان گھوڑے کی ٹاپیں اور نتھنوں کی پھنکار اپنے سر پر محسوس کرنے لگا اور اسے اپنی زندگی کا ایک ایک لمحہ پہاڑ سا نظر آنے لگا۔ یکایک سامنے ایک خندق آگئی۔ مادھوجی نے گھوڑی کی لگام کھینچ کر ایک دم ڈھیلی چھوڑ دی اور گھوڑی کو خندق پھاند جانے کا اشارہ دیا لیکن خندق گھوڑی کے تخمینے سے زیادہ چوڑی نکلی، اس کے اگلے دونوں پیر خندق کے دوسرے کنارے سے ٹکرائے اور پچھلی ٹانگیں اپنے سوار سمیت خندق کی گہرائی میں ڈوبتی چلی گئیں۔ مادھوجی اچھل کر بائیں طرف کیچڑ میں جا گرا۔ افغان سوار بھی اس کے سر پر پہنچ گیا۔ خندق کے کنارے پہنچ کر اپنے گھوڑے کی لگام کھینچ لی اور کود کر دیوانہ وار خندق میں اتر گیا۔ کیچڑ میں لت پت ڈرے سہمے مادھوجی نے اپنے ہاتھ پیر فضا میں بلند کر دیے۔

افغان نوجوان غصے اور حقارت سے مادھو جی کو چند لمحے گھورتا رہا پھر منہ پر تھوک دیا اور اس کے داہنے گھٹنے پر نیزے کی لکڑی سے ایک شدید ضرب لگائی۔ مادھو جی بلبلا گیا۔

افغان سپاہی نے اسے حکم دیا۔ "اپنا قیمتی لباس اور گلے کے ہیرے جواہرات میرے حوالے کر دو!"

مادھو جی نے دھوتی کے سوا اپنا سب کچھ اس افغان کے حوالے کر دیا اور رحم طلب لہجے میں سوال کیا۔ "بہادر افغان! کیا تم اب بھی مجھے معاف نہیں کرو گے؟"

افغان نے حقارت سے جواب دیا۔ "تیرے منہ پر تھوک دینے کا مطلب ہی یہ ہے کہ میں تجھے ہلاک نہیں کروں گا۔ موت کی ذلت سے بڑی ذلت یہ ہے کہ ایک سپاہی اپنے دشمن کے منہ پر تھوک کر اسے زندگی بھر کے لئے ذلیل و خوار کر جاتے!" پھر اس نے مادھو جی کے زخمی گھٹنے کی طرف دیکھتے ہوتے کہا۔ "میں نے تیرا گھٹنا بھی بے کار کر دیا ہے، اب تو زندگی بھر لنگڑا رہے گا اور آیندہ ہمیشہ مقابلے پر آنے کے تصور کے ساتھ ہی تجھے یہ بات یاد آتی رہے گی کہ تو بھگوڑے پن میں لنگڑا کر دیا گیا تھا!"

افغان نے بمشکل مادھو جی کی گھوڑی کو خندق سے باہر نکالا اور اس کی زین اور رکاب کو ٹھیک ٹھاک کر کے اس پر سوار ہو گیا اور اپنے گھوڑے کی لگام ایک ہاتھ سے پکڑ کر گھوڑی کے ساتھ بھگاتا ہوا واپس چلا گیا۔

مادھو جی کے گھٹنے سے درد کی ٹیسیں اٹھیں اور اس نے کرب سے اپنی آنکھیں بند کر کے سر پکڑ لیا۔ اس وقت وہ پانی پت کے میدان میں احمد شاہ درانی کی افواج کے سامنے کھڑا تھا۔ اس کے خیالات ماضی کی تاریکیوں میں محوِ رفتار تھے، تصور میں پانی پت کا میدان تھا اور یہاں حافظ رحمت خان، نجیب خان، شجاع الدولہ اور احمد شاہ درانی کی افواج مرہٹہ افواج کے مقابل سینہ تانے کھڑی تھیں۔ یہیں اس نے احمد شاہ کا سرخ خیمہ بھی دیکھا۔ اس میدان میں سب سے زیادہ نمایاں حیثیت نجیب خان کی تھی جس کی خواہش اور درخواست پر احمد شاہ ہندوستان آیا تھا۔

مادھو جی نے قسم کھائی۔ "نجیب خان! یہ مصیبت تمہی نے بلائی تھی اور تم سے یا تمہارے خاندان کی تحقیر اور تذلیل ہی سے اس کا حساب کتاب چکایا جاتے گا، میں تمہیں معاف نہیں کروں گا۔ کسی قیمت پر بھی نہیں!"

اس شکست سے مرہٹے اتنے حواس باختہ اور سہمے ہوتے تھے کہ مفرور سپاہیوں نے

پیشوا تے پونا کو اپنی شکست کی خبر استعاروں میں سنائی، انہوں نے پیشوا تے پونا کو بتایا۔" دو موتی گم ہو گئے، ستائیس اشرفیاں پگھل گئیں اور چاندی اور تانبے کے نقصان کا اندازہ قیاس سے باہر ہے!"

تیس سالہ مادھوجی نے دور، جنوبی ہند میں یہ خبر نہایت کرب سے سنی کہ احمد شاہ درانی وطن واپس چلا گیا اور جانے سے پہلے دہلی سے دور مشرق میں بھٹکتے ہوئے شاہ عالم ثانی کو مغل تاج و تخت کا مالک قرار دے گیا ہے اور بادشاہ کی عدم موجودگی میں نجیب الدولہ کا خطاب دے کر امیر الامرا بنا گیا ہے۔

لنگڑے مادھوجی کی دور رس نگاہوں نے ہندوستان کو تین گروہوں کے زیر اثر دیکھا روہیلے جنہیں احمد شاہ درانی سے بہت کچھ مل گیا تھا۔ اور وہ اس کوشش میں تھے کہ انہیں جو کچھ ملا ہے انہی کے تصرف اور اختیار میں رہے۔

مرہٹے، جو اپنی شکست کا بدلہ لینا چاہتے تھے اور پانی پت کے میدان میں جو کچھ کھویا تھا۔ اسے دوبارہ حاصل کرنے کی فکر میں تھے۔

اودھ کا شجاع الدولہ، جو اس فکر میں تھا کہ جو کمزور ہو اس سے کچھ نہ کچھ لے مرے۔

مادھوجی سندھیا نے اس حقیقت کو بھی تسلیم کر لیا تھا کہ کمزور اور غریب الوطن شاہ عالم ہی قوت و اقتدار کا سرچشمہ ہے اور پورے ہندوستان میں اسی بت کا احترام کیا جاتا ہے لوگ اس کو مغل تاج و تخت کا حقیقی وارث سمجھتے ہیں۔ اس نے فیصلہ کر لیا کہ اب اسی بت کو لال قلعے کے سنگھاسن پر بٹھا کر، اس کے نام پر سب کچھ کرنا ہے۔

مادھوجی اور اس کی سپاہ کی سرکردگی میں شاہ عالم دہلی میں داخل ہو گیا۔ اس وقت تک پانی پت کی جنگ کو دس سال گزر چکے تھے اور مادھوجی کا حریف نجیب الدولہ غوث گڑھ کے قلعے میں ابدی نیند سو رہا تھا اور نجیب الدولہ کا نالائق اور متلون مزاج بیٹا ضابطہ خان اپنے غلط سلط فیصلوں کی وجہ سے ناکامیوں اور شرمندگیوں سے دوچار تھا۔ انتقام کی آگ میں جلتا ہوا مادھوجی کٹھ پتلی شاہ عالم کو ساتھ لے کر روہیلوں کی حدود میں داخل ہوا اور انہیں شکست پر شکست دیتا ہوا پتھر گڑھ میں داخل ہو گیا۔ ضابطہ خان اپنی دولت اور ناموس کو مرہٹوں کے حوالے کر کے فرار ہو گیا۔ مرہٹے تباہی اور بربادی کا سیلاب اپنی جلو میں لیے ہوئے نجیب الدولہ کی قبر تک پہنچ گئے۔ انہوں نے قبر کی بے حرمتی کی اور اس جگہ مراٹھی زبان میں ایک کتبہ نصب کیا جس کی عبارت تھی۔

"ہم نے پانی پت کا بدلہ لے لیا۔"

نجیب الدولہ کے بیٹے ضابطہ خان کا خاندان مغلوں کی حراست میں دے دیا گیا۔ ضعیفوں، بچوں اور عورتوں کے ساتھ نازیبا اور افسوسناک سلوک کیا گیا۔ مجبور اور غیرت مند مرد پہلے بے بسی سے دیکھتے رہے۔ انہیں پہلے تو مرہٹوں نے لوٹا، اس کے بعد مغل سپاہ نے لوٹ کھسوٹ کی۔ مادھوجی اس تباہ حال خاندان کو مغل سپاہ کی نگرانی میں جاتے ہوئے دیکھتا رہا۔ آنکھوں میں آنسو، چہروں پر اداسی اور حسرت و یاس، زبانوں پر دعائیہ کلمات اور منہ سے نکلتی ہوئی سرد آہیں۔ مادھوجی کے لئے اس منظر میں تسکین قلب کا بڑا سامان تھا۔ چادروں میں لپٹی ہوئی پردے دار، حیا پرور خواتین جب لڑکھڑاتے قدموں سے اس کے سامنے سے گزرتیں تو مادھوجی ایک عجیب سی پرکیف لذت محسوس کرتا۔

اسی اثنا میں ایک چودہ سالہ حسین ترین لڑکا مادھوجی کے سامنے سے گزرا۔ اس نے نہایت خونخوار نظروں سے مادھوجی کو گھورا۔ مادھوجی کو اچانک وہ افغان یاد آ گیا جس نے دس سال پہلے اس کے منہ پر تھوک کر اسے لنگڑا کر دیا تھا۔ اس افغان کے تیور بھی کچھ ایسے ہی تھے مادھوجی نے ایک مرہٹہ سپاہی کو حکم دیا۔ "ذرا اس لڑکے کو روکنا تو!"

مرہٹہ سپاہی نے اس لڑکے کو شانے سے پکڑ کر روک لیا۔

مادھوجی لڑکے کے قریب پہنچا اور پوچھا۔ "لڑکے تمہارا نام؟"

لڑکے نے پرتمکنت لہجے میں جواب دیا۔ "غلام قادر خان؟"

"باپ کا نام؟"

"ضابطہ خان!"

مادھوجی چونک پڑا، بولا۔ "تو تم نجیب الدولہ کے پوتے ہو؟ خوب" اس کے بعد مادھوجی نے لڑکے کو کھینچ کر قریب کر لیا اور بولا۔ "اگر تمہارے دادا کی روح خواب میں نظر آئے تو اسے بتا دینا کہ مادھوجی سندھیا نے پانی پت کا بدلہ لے لیا ہے!"

غلام قادر نے مادھوجی کے قدموں میں تھوک دیا۔ مادھوجی گھبرا کر دو قدم پیچھے ہٹ گیا۔ اس کے بعد غلام قادر خان بھی اپنے خاندان والوں کے ساتھ کے لشکر میں پہنچ گیا۔ اس کے پیچھے ہی پیچھے مادھوجی سندھیا بھی مغل لشکر میں پہنچا اور بادشاہ سے باریابی کی اجازت طلب کی۔ مجبور بادشاہ نے مادھوجی کو اسی وقت طلب کر لیا۔

مادھوجی آداب و تسلیمات بجا لایا، اس کے بعد بادشاہ سے کہا۔ "حضور والا! آپ نجیب الدولہ کے اسیر خاندان سے کیا سلوک کریں گے پتہ نہیں، لیکن اس سلسلے میں فدوی

بھی کچھ عرض کرنا چاہتا ہے!"

شاہ عالم ثانی نے تمکنت سے کہا۔ "عرض کریں!"

مادھو جی نے کہا۔ "ضابطہ خان ایک ناکام ترین انسان ہے اور جب تک یہ شخص اپنے خاندان کا سربراہ رہے گا اس کے خاندان کی سربلندی اور عزت افزائی کا سوال ہی نہیں پیدا ہوتا لیکن آج میں نے نجیب الدولہ کے حسین ترین پوتے کو دیکھا اور اس کے وہ تیور بھی ملاحظہ کئے جو سرکش اور خطرناک انسانوں کے عزائم میں پائے جاتے ہیں، بالکل وہی تیور جو نجیب الدولہ میں موجود تھے!"

بادشاہ نے نرمی سے کہا۔ "تم کہنا کیا چاہتے ہو مادھو جی؟"

مادھو جی نے جواب دیا۔ "احتیاط، صرف احتیاط۔ نجیب الدولہ کے پوتے غلام قادر کو نجیب خان ہرگز نہ بننے دیا جائے!"

"جس کا تم ذکر کر رہے ہو اس وقت وہ کہاں ہے؟" بادشاہ نے ادھر ادھر جستجو آمیز نظریں دوڑائیں۔

مادھو جی نے کہا۔ "ابھی حاضر کرتا ہوں!"

اور پھر بادشاہ کے خیمے سے نکل کر ایک مرہٹہ سپاہی کو حکم دیا کہ ضابطہ خان کے بیٹے غلام قادر خان کو اسی وقت بادشاہ کے روبرو حاضر کیا جائے۔ وہ دوبارہ پھر بادشاہ کے روبرو پہنچ گیا۔

بادشاہ نے پوچھا۔ "ضابطہ خان کا سرکش بیٹا کہاں ہے؟"

مادھو جی نے جواب دیا۔ "ابھی آتا ہے!" پھر سوچتے ہوئے کہا۔ "نجیب الدولہ کا پوتا سرکش ہی نہیں حسین بھی ہے، اتنا حسین کہ دیکھنے والے گھبرا جاتے ہیں!" مادھو جی خوب اچھی طرح جانتا تھا کہ بادشاہ حسن پرست واقع ہوا ہے، غلام قادر خان کی سرکشی اور حسن کے پیش نظر مادھو جی کے پاس ایک بہت عمدہ منصوبہ تھا۔ اس منصوبے کا بنیادی مقصد یہ تھا کہ وہ نجیب خان، جس نے عظیم مرہٹہ قوت کے خلاف احمد شاہ درانی سے مل کر پانی پت کی تیسری جنگ میں فیصلہ کن اور لرزہ خیز کردار ادا کیا ہے، اس کے اخلاف کو ذلیل و خوار کیا جائے، اس کی نسل کشی کی جائے۔

غلام قادر خان کو بادشاہ کے روبرو پیش کر دیا گیا۔ بادشاہ اس چودھویں کے چاند کو دیکھ کر سکتے میں آ گیا۔ "انسان اتنا حسین بھی ہو سکتا ہے!" شاہ عالم ثانی حیرت و استعجاب سے تھوڑی دیر تک غلام قادر خان کو بس دیکھتا ہی رہ گیا۔

"لڑکے! تمہارا نام؟"

"غلام قادر خان!" آواز میں مٹھاس اور لہجے میں بلا کی شائستگی اور شستگی تھی۔

"خوب!" حریص اور حسن پرست بادشاہ خون میں کیف و مستی کی لہریں محسوس کر رہا تھا۔ اپنے منصب اور مقام کی پرواہ کیے بغیر بولا۔ "ہمارے قریب آؤ۔"

مادھو جی کے چہرے پر مسرت و شادمانی کی سرخی جھلکنے لگی، غلام قادر خان چند قدم آگے بڑھ گیا۔

بادشاہ نے محبت سے مسکراتے ہوئے کہا۔ "اور قریب غلام قادر!"

غلام قادر چند قدم اور آگے بڑھ گیا۔ مادھو جی یک بیک غلام قادر کی طرف بڑھا اور اس کو شانے سے پکڑ کر کھینچتا ہوا بادشاہ کی طرف بڑھا۔ بادشاہ اتنا بدحواس ہوا کہ احترام حسن میں ایک دم اٹھ کھڑا ہوا، بولا۔ "خوش آمدید غلام قادر خوش آمدید!"

مادھو جی نے غلام قادر کو حکم دیا۔ "لڑکے آگے بڑھو اور ظل اللہ کے دست مبارک کو عقیدت سے بوسہ دو!"

بادشاہ نے بے اختیار ایک ہاتھ سے غلام قادر کو پکڑ لیا۔ اور دوسرا ہاتھ بوسے کی خاطر غلام قادر کی طرف بڑھا دیا لیکن نجیب الدولہ کے سرکش اور سرپھرے بیٹے نے بادشاہ کے ہاتھ کو بوسہ نہیں دیا۔

مادھو جی نے گدی پکڑ کر، غلام قادر کا چہرہ بادشاہ کے ہاتھ پر جھکا دیا لیکن اس نے منہ بھینچ کر پھیر لیا۔ جس کے نتیجے میں اس کا داہنا رخسار بادشاہ کی ہتھیلی کی پشت پر ٹک گیا بادشاہ مسکراتا رہا، ممکن تھا کہ مادھو جی کوئی اور سخت قدم اٹھاتا کہ بادشاہ نے اسے روک دیا کہا۔ "مرہٹہ سردار! یہ لڑکا آداب شاہی اور احترام تاج و تخت سے ناواقف ہے، تم فکر نہ کرو، ہم اسے اپنا فرزند بناتے ہیں، فرزند خاص، فرزند صلبی سے بڑھ کر!"

مادھو جی گھبرایا۔ اس نے خیال کیا اگر بادشاہ نے غلام قادر کو واقعی فرزند بنا لیا تو اس کے سارے خواب دھرے کے دھرے رہ جائیں گے، اس نے دل کی گہرائیوں سے نکلنے والی بات کو رسمی انداز میں کہنے کی کوشش کی۔

"بادشاہ سلامت اس ناچیز سے زیادہ واقف ہیں کہ سانپ کے بچے آگے چل کر سانپ ہی بنتے ہیں اور ببول میں پھل نہیں لگتے، حضور والا کی حیثیت اس درخت جیسی ہے جو گرمیوں میں سایہ دیتا ہے اور اس کی ٹھنڈی ٹھنڈی ہوا پسینے میں ڈوبے ہوئے جسموں کو فرحت و تازگی بخشتی ہے لیکن اس لڑکے کے خاندان کی حیثیت ان جاہل اور خود غرض افراد

جیسی ہے جو سایہ اور ٹھنڈی ہوا دینے والے درختوں کو کاٹ کر اپنے گھروں کو اس لیئے لے جلتے ہیں کہ انہیں چولہے میں لگائیں اور سردیوں میں ان سے ہاتھ پیر سینکیں!"

بادشاہ نے گھبرا کر سوال کیا۔"مادھو جی! تم کہنا کیا چاہتے ہو؟"

حضورِ والا!" مادھو جی نے جواب دیا۔"اس کا دادا امیر الامراء رہا۔" اس کے بعد اس کے باپ ضابطہ خان نے یہی منصب سنبھالا اور ان کی ہمیشہ یہ کوشش رہی کہ بادشاہ سلامت دہلی تشریف نہ لائیں، ضابطہ خان کی محلاتی زندگی کی بابت لوگ معلوم نہیں کیسی کیسی بے سروپا شرمناک باتیں مشہور کرتے رہے ہیں، کیا احسان فراموش دادا اور شرمناک کردار کے باپ کا بیٹا اس لائق ہو سکتا ہے کہ حضور اسے اپنی فرزندی کا شرف بخشیں؟"

بادشاہ نے سنی ان سنی کرتے ہوئے کہا۔"غلام قادر ہمارا فرزندِ خاص ہے، ہم اسے اپنے محل میں رکھیں گے!"

اس کے بعد بادشاہ نے غلام قادر کو اپنے پاس ہی بٹھا لیا اور اس حسن پارے کو للچائی ہوئی نظروں سے دیکھنے لگا۔

بادشاہ غلام قادر کو اپنے ساتھ قلعۂ معلیٰ میں لے گیا اور اسے شاہی خاندان میں جگہ دی۔ شہزادے اس سے حسد کرنے لگے، وہ اس بات سے خوش نہیں تھے کہ وہ عزت و اعزاز جوان کا موروثی حق ہے، اس میں غلام قادر بھی شریک و سہیم ہو جاتے لیکن حسد کی آگ میں شہزادوں کو زیادہ دن نہیں جلنا پڑا۔

اس وقت بادشاہ امتیاز محل میں اس حوض کے دلکش منظر سے لطف اندوز ہو رہا تھا جسے کسی خوش مذاق اور ماہر مہندس نے سنگ مرمر سے اس طرح بنایا تھا کہ وہ دور سے ایک کھلا ہوا پھول معلوم ہوتا تھا۔ اس کی خوبصورت پنکھڑیاں حقیقی پنکھڑیوں کو شرما رہی تھیں، اس میں خوب صورت رنگین پتھروں سے پچی کاری کی گئی تھی اور ایسے حسین گل بوٹے بنائے گئے تھے۔ کہ اس میں بھرا ہوا پانی ہوا سے جب ہلکورے لیتا تو ایسا لگتا جیسے حوض کے تمام بیل بوٹے حرکت کر رہے ہیں، حسن پرست بادشاہ اس حسین منظر میں کھویا ہوا تھا۔ کنیزیں اور خواجہ سرا بادشاہ کے آگے پیچھے اور آس پاس گوش بر آواز منڈلا رہے تھے۔

بادشاہ نے آہستہ سے تالی بجائی اور شاہی احکام کی بجا آوری کی خاطر خدمت گاروں کا ایک پرا مؤدب حاضر ہو گیا۔

بادشاہ نے حکم دیا۔ "مابدولت رقص و موسیقی سے لطف اندوز ہونا چاہتے ہیں!"
خدام ادب سے سر جھکا کر واپس جانے لگے تو بادشاہ نے دوسرا حکم صادر فرما دیا۔
"شاہی مشاطہ کو حاضر کیا جائے!"
رقص و موسیقی کے طائفے سے پہلے شاہی مشاطہ حاضر کر دی گئی۔
بادشاہ نے ایک خاص ادا سے اپنی سیدھی آنکھ کو داب کر مشاطہ سے سوال کیا۔ "غلام قادر کہاں ہے؟"
مشاطہ نے جواب دیا۔ "جہاں پناہ کی خواہش کے بموجب اسے حسین لڑکی کا روپ دے دیا گیا ہے اور وہ عنقریب حضور کے روبرو پیش کر دیا جائے گا!"
بادشاہ مسکرا دیا، بے قراری سے پوچھا۔ "زنانے لباس اور نسوانی وضع قطع دینے کے بعد وہ کیسا لگتا ہے؟"
مشاطہ نے سر جھکا کے جواب دیا۔ "اتنا حسین کہ حسین عورتیں اگر اسے اس وضع میں دیکھ لیں تو زلیخا کی ہم عصر زنانِ مصر کی طرح رشک و حسد کی آگ میں جلنے لگیں!"
بادشاہ نے کہا۔ "اچھا اسے حاضر کرو!"
جب مشاطہ چلی گئی تو بادشاہ نے زیرِ لب خود سے کہا۔ "یہ ہمارا انتخاب ہے، شاہ عالم ثانی کا انتخاب، خوش مذاقی ہمیں ورثے میں ملی ہے ظہیر الدین بابر ہمارا جدِ اعلا تھا اور دربارِ اکبری کے سب سے بڑے کلاونت اور خنیا گر تان سین کے خاندان سے تعلق رکھنے والی فنکارہ لال کنور ہماری ماں ہے، ہماری خوش مذاقی کا کوئی کیا مقابلہ کر سکتا ہے!"
رقص و موسیقی کے ماہرین کا طائفہ بادشاہ کے روبرو آ بیٹھا۔ بادشاہ نے ان کی طرف ایک کاغذ بڑھا دیا اور فرمایا۔ "یہ ہمارا اپنا کلام ہے، بے چینی اور بے قراری میں موزوں ہو گیا ہے، اسے ہم مزامیر کے ساتھ سننا چاہتے ہیں۔"
اسی وقت شاہی مشاطہ غلام قادر خان کو زنانے لباس میں بنا سنوار کے دونوں ہاتھوں کا سہارا دیے اس طرح حاضر ہوئی جیسے دلہنیں لائی جاتی ہیں، بادشاہ اضطراب اور بے چینی سے پہلو بدلنے لگا، وہ جذبۂ شوق سے مجبور ہو کر کھڑا ہو جانا چاہتا تھا لیکن اربابِ طرب کی موجودگی میں دل اور ہوش و حواس کو قابو میں رکھا۔
مشاطہ نے غلام قادر کو بادشاہ کے قریب بٹھا دیا۔ اربابِ طرب اس دلچسپ منظر سے لطف اندوز ہونا چاہتے تھے لیکن رعبِ شاہی مانع تھا۔

بادشاہ نے مشاطہ کو تا حکم ثانی حاضر رہنے کا حکم دیا۔ اس کے بعد پرشوق نظروں سے غلام قادر کو دیکھا اور کہا۔ "فرزندِ من! تمہارے حسنِ بے پناہ نے ہمیں یہ سوچنے پر مجبور کر دیا کہ ہم تمہیں زنانہ وضع قطع میں دیکھیں، بخدا تم اتنے حسین لگتے ہو کہ حسین ترین خواتین تک تمہیں دیکھ کر کڑھنے لگیں، تم ہمارے بیٹے ہو، ہم نے تمہیں اس لئے طلب کیا ہے کہ تمہیں اپنے عارفانہ کلام سے لطف اندوز کریں کیونکہ ہمیں یقین ہے کہ اگر خدا نے تمہیں بے مثل حسن سے نوازا ہے تو اسی قدر حسنِ مذاق بھی بخشا ہو گا؟" پھر اربابِ طرب کو اشارہ کیا۔ "بسم اللہ!"

سارنگی کی ریں ریں اور طبلے کی تھاپ نے ماحول میں کیف گھولنا شروع کر دیا۔ جب ان دونوں نے محفل میں ایک سماں باندھ دیا تو ایک خوش الحان کلاکار نے گلا صاف کر کے بادشاہ کے قطعے سے نغمہ گری کا آغاز کیا۔

صبحِ نو جام سے گزرتی ہے شب دل آرام سے گزرتی ہے
عاقبت کی خبر خدا جانے اب تو آرام سے گزرتی ہے

آواز کے زیر و بم نے دلوں کی دھڑکنیں تیز کر دیں، بادشاہ نے بے تکلفی اختیار کی غلام قادر کو اپنے پہلو میں بٹھا لیا اور سرگوشی میں فرمایا "شب ہی نہیں، دن بھی دل آرام سے گزرتا ہے!" اسی کیف و مستی میں نظر بھر کے جو غلام قادر کو دیکھا تو اس کی آنکھوں میں غصے اور نفرت کی چنگاریاں سلگتی دکھائی دیں، بادشاہ نے مسکرا کر پوچھا۔ "فرزندِ من! کیا تم خوش نہیں ہو؟"

غلام قادر نے ناگواری سے جواب دیا۔ "حضورِ والا زبانِ مبارک سے مجھے فرزندِ من کہتے ہیں اور دوسری طرف یہ حال ہے کہ مجھے زنانہ لباس پہنواتے ہیں، کیا میں پوچھ سکتا ہوں کہ کیا حضورِ والا اپنے جملہ فرزندوں کو اسی لباس میں دیکھنا پسند فرماتے ہیں؟"

بادشاہ نے پیار اور لگاوٹ سے غلام قادر کے رخسار پر ہلکی سی چپت لگائی اور کہا یہ موقع ان باتوں کا نہیں ہے، ہم تمہاری ہر بات کا نہایت معقول جواب دیں گے لیکن اس وقت مابدولت رقص و موسیقی سے دل بہلا رہے ہیں، اس سے تمہیں بھی لطف اندوز ہونا چاہیئے!"

غلام قادر نے بے بسی اور افسردگی سے جواب دیا۔ "صانعِ حقیقی نے مجھے زنانے کپڑوں کے لئے نہیں پیدا کیا تھا، بادشاہ کی فرزندی نے مجھے شرمندہ اور ذلیل و خوار کر دیا ہے!"

بادشاہ نے غلام قادر کے منہ پر ہاتھ رکھ دیا۔ "بس، زیادہ حدِ ادب، تمہاری یاوہ گوئی طبعِ شاہی پر گراں گزرنے لگی ہے، جس صانع حقیقی نے تمہیں پیدا کیا ہے۔ ہم اس کے نائب ہیں اور صانع حقیقی کا نائب اس کی منشا اور غایت کو تم خام کاروں سے زیادہ بہتر سمجھتا ہے!"

اس وقت تک مغنیہ قطعے سے گزر کر کلام تک پہنچ چکی تھی۔

تصور ترا جس کو اسے بار ہو گا اسے غیر سے کیا سروکار ہو گا

بادشاہ پر وجدانی کیفیت طاری ہو گئی۔ نشیلی نظروں سے غلام قادر کو دیکھتے ہوئے دہرانا شروع کیا۔

تصور ترا جس کو اسے بار ہو گا اسے غیر سے کیا سروکار ہو گا

"واللہ کیسا حسبِ حال وحسبِ کیفیت شعر موزوں ہوا ہے اور تصور کیا معنی صاحبِ تصور جب بہ نفسِ نفیس خود ہی بزم میں جلوہ آرا ہو تو پھر واقعی اس کی موجودگی میں کسی اور کی کیا ضرورت باقی رہے گی!"

غلام قادر غصے اور نفرت کی آگ میں جھلسا جا رہا تھا۔ وہ نہتا اور بے دست و پا تھا اسے رہ رہ کر اپنے باپ ضابطہ خان پر غصہ آ رہا تھا جو اپنے متعلقین کو دشمنوں کے رحم وکرم پر چھوڑ کر اودھ کے فرماں روا شجاع الدولہ کے پاس مہمان نوازی کے مزے لوٹ رہا تھا۔ مغنیہ بادشاہ کا کلام گاتی رہی اور سازوں کے اشتراک اور امتزاج سے بادشاہ کے سینے میں آتشِ عشق بھڑکاتی رہی، یہاں تک کہ غزل کا آخری شعر بھی آ گیا۔

دیا دل تو ہے آفتاب اس کو لیکن خدا جانے کیا عاقبت کار ہو گا

آخری شعر نے بادشاہ کو کچھ زیادہ ہی وارفتہ کر دیا اور حالتِ وجد میں بار بار اپنا مقطع گنگناتا رہا۔

پھر بادشاہ نے ایک خاص اندازِ تخاطب اختیار کیا۔ شاہانہ روش سے پوچھا۔ "ہم نے اپنا تخلص آفتاب رکھا ہے، جانتے ہو، کیوں رکھا ہے؟"

غلام قادر نے کوئی جواب نہ دیا۔ بادشاہ نے اک خاص اندازِ مربیانہ سے خود ہی جواب مرحمت فرمایا۔ "ہم شاہ عالم ہیں، دنیا کے بادشاہ، اس دنیا میں ہمارا کوئی مثیل نہیں، ہاں آسمان پر البتہ موجود ہے، آفتاب، روشنی اور توانائی کا مرکز و منبع، کیا زمین پر روشنی اور توانائی کے منبع و مرکز ہم نہیں ہیں؟"

جب غلام قادر نے بادشاہ کی بات کا کوئی جواب نہ دیا تو بادشاہ نے اسبابِ

نشاط کی طرف دیکھا انہوں نے متفقہ طور پر اشاروں میں تائید کی اور اپنی اپنی گردنیں جھکا لیں۔

گانے کے بعد رقص کا آغاز ہوا اور دیر بعد جب بادشاہ کو اپنی حالت اور طبیعت پر قابو نہ رہا تو وہ غلام قادر کے ساتھ امتیاز محل کے ایک گوشے میں روپوش ہو گیا۔ وہ شہزادے جو غلام قادر کے شاہی فرزندِ خاص ہونے سے حسد کرنے لگے تھے، اب خوش تھے۔ محل کے اظفری نامی شہزادے کو یادداشتیں لکھنے کا شوق تھا۔ اس نے سات پردوں میں چھپ کر آس پاس کا خوب اچھی طرح جائزہ لے کر یادداشت کے اوراق میں ڈرتے ڈرتے لکھا۔

"حضرت قدر قدرت شاہ عالم کی حسن پرستی عیاشی کی حد تک پہنچ چکی ہے وہ نجیب الدولہ کے پوتے اور ضابطہ خان کے بیٹے غلام قادر کو اس کی خداداد خوب صورتی کے سبب زنانہ لباس زیب تن کرا کے دربار میں اپنے قریب بٹھاتے ہیں!"

غلام قادر جب بادشاہ کی خلوت گاہ سے نکلا تو نشاط اسے اپنے ساتھ لے جانے لگی۔ وہ دونوں نہر بہشت کے کنارے کنارے چلے جا رہے تھے یہ نہر موتی محل اور دیوانِ خاص سے ہوتی ہوئی اس محل کے بیچوں بیچ سے گزرتی تھی، جب یہ دونوں ایک خوب صورت در کی طرف بڑھے تو اس کے سنگِ مرمر کے ستون کی آڑ سے ایک دس بارہ سالہ لڑکی نکل کر ان دونوں کے درمیان آ گئی اور کھلکھلا کے ہنس دی وہ مشاطہ سے کہنے لگی۔ "مشاطہ بی! تم نے اسے لڑکی کیوں بنا دیا؟"

مشاطہ بی نے ڈرتے ڈرتے جواب دیا۔ "اس لئے کہ جہاں پناہ انہیں اسی لباس میں دیکھنا پسند فرماتے ہیں!"

لڑکی نے غلام قادر سے سوال کیا۔ "کیا تمہیں بھی یہ لباس پسند ہے؟"

"بالکل نہیں!" غلام قادر نے جواب دیا۔ "میں مظلوم ہوں، شاہی محل سرا کی چہار دیواری میں مجھ پر ظلم کیا جا رہا ہے!"

لڑکی نے معصومیت سے مشورہ دیا۔ "تو تم باوا جان کو یہ بتا کیوں نہیں دیتے کہ تم یہ زنانہ لباس بالکل ناپسند کرتے ہو!"

مشاطہ نے بے زاری اور گھبراہٹ میں کہا۔ "شہزادی! کس میں اتنی ہمت ہے کہ جہاں پناہ کی خواہش پر اعتراض کرے؟"

لڑکی نے کہا۔ "ہمارا نام مرخوشی بیگم ہے، لڑکے تم ہم سے ملنا۔ ہم باوا جان سے

تمہاری سفارش کر دیں گے!"

مشاطہ خوف زدہ انداز میں غلام قادر کو لے کر آگے بڑھ گئی اور بڑبڑانے لگی۔

"سر خوشی بیگم، نام ہی سے پتہ چلتا ہے کہ اس کی ماں کیا رہی ہوگی، بادشاہ کے حرم میں معلوم نہیں کتنی عورتیں پڑی ہیں، ابھی اس غریب کو یہ کیا معلوم کہ بادشاہ سلامت کی بیٹی ہو جانا یہ معنی کہاں رکھتا ہے کہ اسے بادشاہ کے مزاج میں وہی دخل حاصل ہو گیا ہے جو ایک عام بیٹی کو اپنے باپ کے مزاج میں حاصل ہو جاتا ہے!"

غلام قادر نے شہزادی کی صورت شکل کو تو غور سے دیکھا نہ تھا لیکن اس کی باتیں بہت اچھی لگیں۔ اور یہ اتنی اچھی لگیں کہ سوتے جاگتے کئی دن تک دل و دماغ میں گونجتی رہیں بیٹھی اور شوخ و شنگ باتیں سریلی رسیلی آواز میں، اسے افسوس تھا کہ آخر آواز کے سحر میں اس نے شہزادی کی صورت شکل غور سے کیوں نہیں دیکھی۔

غلام قادر پر بادشاہ کی نظر عنایت تھی اور بادشاہ کی منشا تھی کہ غلام قادر شاہی افراد میں گھل مل جائے۔ اس لیئے محل والوں نے بخوشی یا ناخوشی خوشی سے غلام قادر کو قبول کر لیا۔ آرام و آسائش اسے بھی وہی حاصل تھی جو محل کے دوسرے معزز افراد کو حاصل تھی ان خاص اوقات کے علاوہ، جب غلام قادر کو زنانے ملبوسات اور بناؤ سنگھار کے ساتھ بادشاہ کی صحبت میں موجود رہنا پڑتا تھا، غلام قادر آزادی سے قلعے کی حدود میں گھومتا پھرتا رہتا تھا اور اس کی خدمت گزاری اور احکام کی بجا آوری کے لئے خدمت گاروں کا ایک پرا موجود تھا، یہ پرا خدمت گاری کے فرائض کے ساتھ ساتھ نگرانی کے فرائض بھی انجام دیتا تھا اور کوشش یہ کرتا کہ کسی نہ کسی طرح غلام قادر کو خوش رکھے، وہ غلام قادر کے توسط سے بادشاہ کی خدمت میں اپنے عریضے پیش کرتے اور گوہر مراد حاصل کرتے۔

اس سنگین چہار دیواری میں رہنے سہنے اور گھناؤنے ماحول میں شب و روز گزارنے گزارتے غلام قادر کا دل گھبرانے لگا۔ یہاں کا ہر فرد حرص و ہوس کا غلام تھا اور ان کے نمائشی خلوص کے پیچھے موجود ریاکاری کی وجہ سے غلام قادر کو اپنی تنہائی کا شدید احساس رہتا تھا۔ اسے اپنی ماں معصومہ بیگم کی یاد ستاتی رہتی تھی۔ چھوٹا بھائی معین الدین یاد آتا تھا۔ اپنی بہن یاد آتی تھی، اسے کچھ پتہ نہ تھا کہ ان قیدیوں کے ساتھ کیا سلوک کیا گیا اور یہ کس حال میں ہیں، اسے مادھوجی سندھیا یاد آیا جسے مسلمانوں اور خاص کر دادا نجیب اللہ

مرحوم سے شدید نفرت تھی، اور وہ غلام قادر سے بھی سخت نفرت کرتا تھا۔ منتقمانہ نفرت۔
اشہب خیال ماضی کو روندتا پھلانگتا بادشاہ کے اعمال کی شاہراہ پر دوڑنے لگا اور ننھی منی شہزادی سرخوشی بیگم کی دلچسپ باتوں اور سریلی آواز تک پہنچ کے ٹھہر گیا، وہ اس سے دوبارہ ملنا چاہتا تھا لیکن اس کا پتہ نہیں جانتا تھا۔ شاہی محلات کے وسیع جنگل میں وہ معلوم نہیں کہاں رہتی تھی۔ اس روز وہ غالباً امتیاز محل میں مہمان کی حیثیت سے آئی ہوئی تھی، شاہی مشاط کسی وجہ سے اس شہزادی کا پتہ بتانے سے احتراز کرتی تھی۔

غلام قادر زنانے لباس میں بادشاہ کے روبرو دیوان خاص میں کافی وقت گزارنے کے بعد اٹھا اور جنوب میں شاہی محلات کی ڈیوڑھی کی طرف چل دیا۔ وہ جیسے ہی ڈیوڑھی میں داخل ہوا، سرخوشی بیگم ایک طرف سے اچانک نمودار ہو کر اس کے روبرو کھڑی ہوگئی، اس نے سرسری نظروں سے غلام قادر کے زنانے لباس کو دیکھا اور ہونٹوں پر مسکراہٹ نمودار ہوگئی پھر یہی مسکراہٹ ہنسی میں تبدیل ہوگئی اور وہ زور زور سے ہنسنے لگی۔ جب ہنستے ہنستے بے دم ہوگئی تو پیٹ پکڑ لیا، بولی۔ "تم عورتوں کے کپڑے کیوں پہنتے ہو؟"

غلام قادر، سرخوشی بیگم کے حسین چہرے کو غور سے دیکھتا رہا۔ اس وقت وہ بہت خوش تھا۔ خوشی سے اس کا چہرہ گلنار ہوگیا، پوچھا۔ "آپ کا نام سرخوشی بیگم ہے؟"

شہزادی چونک کر چپ ہوگئی، حیرت سے غلام قادر کو دیکھا، پوچھا۔ "تمہیں ہمارا نام کس طرح معلوم ہوگیا؟"

آپ بھول گئیں آپ ہی نے تو بتایا تھا اپنا نام۔ ویسے نام معلوم کرنا بھی کوئی مشکل بات ہے!" غلام قادر نے کہا۔ "کیا آپ کو ہمارا نام نہیں معلوم؟"

شہزادی نے جواب دیا۔ "نہیں، تم مجھے زنانے لباس میں اچھے لگتے ہو، میرے لئے بس اتنا ہی کافی ہے نام جان کے کیا کروں گی!"

غلام قادر کا دل ٹوٹ گیا، بولا۔ "شہزادی! آپ نے ہمیں مردانہ لباس میں نہیں دیکھا اگر دیکھتیں تو نام ضرور معلوم کرتیں۔ ہمیں اپنے زنانہ لباس سے گھن آتے لگی ہے!"

شہزادی نے کہا۔ "ہم لوگ ایک ہفتے یہیں رہیں گے، تم ملتے رہنا، میں تمہیں اپنی امی جان سے بھی ملاؤں گی، معلوم نہیں کیوں محل کے لوگ تمہارا بہت ذکر کرتے ہیں، امی جان بھی تمہیں ایک نظر دیکھنا چاہتی ہیں، تم میرے ساتھ چلو، میں ان سے تمہاری ملاقات کرادوں!"

غلام قادر نے پوچھا۔ "وہ ہم سے کیوں ملنا چاہتی ہیں؟"

"پتہ نہیں!" شہزادی نے جواب دیا۔ "کہتی تھیں وہ تمہیں زنانے لباس میں دیکھنا چاہتی ہیں!"

غلام قادر نے غصّے میں کہا۔ "میں ان سے مردانہ کپڑوں میں مل سکتا ہوں!"

اسی وقت ایک طرف سے ایک شہزادہ تیز تیز قدم اٹھاتا ان دونوں کے بیچ میں آ گیا، سرخوشی بیگم کا ہاتھ پکڑ کر اپنی طرف کھینچ لیا۔ بولا۔ "سرخوشی! تم یہاں کیا کر رہی ہو؟"

شہزادی نے غلام قادر کی طرف اشارہ کرتے ہوئے بشاش لہجے میں جواب دیا "اظفری بھائی! اسے دیکھئے کیا یہ عجیب و غریب شخص اس زنانہ لباس میں تمہیں اچھا نہیں لگتا؟"

شہزادے نے جواب دیا۔ "تم میرے ساتھ چلو سرخوشی!" پھر غلام قادر سے کہا۔ "جناب! یہ میری بہن سرخوشی بیگم ہے، آیندہ اس بات کا خیال رکھیے گا کہ اس سے زیادہ باتیں کرنے کی ضرورت نہیں ہے!"

غلام قادر کی تیوریوں پر بل پڑ گئے، بولا۔ "بات ہم نہیں کرتے، شہزادی کرتی ہے!"

شہزادی بیچ میں بول دی۔ "بھائی اظفری! اس سے تو امی جان تک ملنے کی خواہش رکھتی ہیں، وہ کسی دن اسے اپنے محل میں بلانے والی ہیں اور میں انہی کی طرف سے اس کے پاس بھیجی گئی ہوں!"

غلام قادر ناراض ہو کر ایک طرف جانے لگا لیکن شہزادی بڑھ کر اس کا ہاتھ پکڑ لیا اور کہا۔ "کدھر چلے جناب! میں تمہیں اپنی امی جان کے پاس لے جاؤں گی، میرے ساتھ چلو۔"

غلام قادر نے ہاتھ چھڑانا چاہا لیکن شہزادہ اظفری نے اپنی بہن کو اپنی طرف کھینچ لیا اور کہنے لگا۔ "ہم بادا جان سے تمہاری شکایت کریں گے سرخوشی بیگم؟"

اسی وقت محل سرا کی نگراں خاتون نے نمودار ہو کر غلام قادر کو حکم دیا۔ "تمہیں اسی وقت ہمارے ساتھ اندر شاہی خواتین میں چلنا ہے، وہ تمہیں اس لباس میں دیکھنے کی خواہش مند ہیں!" پھر اس نے محبت میں سرخوشی بیگم کو گود میں اٹھانے کی کوشش کی مگر ناکام رہی، بولی۔ "شہزادی! آپ یہاں کیا کر رہی تھیں؟"

شہزادی نے جواب دیا۔ "میں اسے بلانے آگئی تھی، امی جان اسے ان کپڑوں میں دیکھنا چاہتی ہیں!"

محل سرا کی نگراں خاتون نے شہزادی کی پیشانی چوم لی، بولی۔ "شہزادی! آپ بہت اچھی ہیں، جو خدمت میرے سپرد کی گئی تھی، اسے آپ انجام دینے کی کوشش کررہی تھیں!" نگراں خاتون غلام قادر کی طرف گھوم گئی، بولی۔ "تم ہمارے ساتھ چلو ذرا دیر بعد واپس آجانا؟"

غلام قادر نے پوچھا۔ "اگر میں تمہارے ساتھ نہ چلوں تو؟"

نگراں خاتون نے جواب دیا۔ "شاہی بیگمات کا حکم کون ٹال سکتا ہے۔۔۔۔"

لیکن سرخوشی بیگم نے بات کاٹ دی، بولی۔ "نہیں دیکھنے کا حکم کسی نے نہیں دیا، بلکہ تمہیں عورتوں کے لباس میں دیکھنے کی خواہش ضرور کی گئی ہے، میں نے یہ اندازہ لگایا ہے کہ تمہیں کسی کے حکم احکام سے نفرت ہے شاید!"

شہزادہ اظفری غصے سے منہ بناتا اور بڑبڑاتا ایک طرف چلا گیا۔ "معلوم نہیں بادا جان کیا چاہتے ہیں اور ان کی رنگین طبع ہمیں معلوم نہیں کہاں لے جائے گی، ہمیں اس شخص کو دیکھ کر خوف آتا ہے!"

تھوڑی دیر بعد غلام قادر کو شاہی خواتین میں پہنچا دیا گیا۔ انہوں نے غلام قادر کو چاروں طرف سے گھیر لیا اور حیرت و استعجاب سے اس کے ملکوتی حسن کو دیکھنے لگیں، بعض خواتین نے طنز و تضحیک کے قہقہے بھی لگائے اور بعض نے ناشائستہ جملے بھی پھینکے سرخوشی بیگم کی تیس بتیس سالہ ماں نے غلام قادر کو سر سے پیر تک دیکھ کر کہا۔ "بات اب سمجھ میں آئی، سرخوشی اس کی یوں ہی تعریف نہیں کررہی تھی اور ہمارے بادشاہ اس نوعمر لڑکے پر یوں ہی نہیں فدا ہوگئے!"

غلام قادر کی شرم و حیا اور عزت و آبرو کا جیسا جنازہ قلعہ معلیٰ کے محلات میں نکل رہا تھا یا نکالا جارہا تھا۔ غلام قادر کے سینے میں اس کے خلاف ایک آتش فشاں جنم لے رہا تھا۔ ایک ایسا آتش فشاں جس میں شاہی محلات کا سب کچھ جل بھن سکتا تھا۔

سرخوشی بیگم کی ماں نے محل سرا کی نگراں خاتون کو حکم دیا۔ "اس کے زنانہ کپڑے اتار کر مردانے لباس میں ہمارے روبرو پیش کیا جائے!"

تعمیل حکم میں دیر ہی کتنی لگنی تھی، تقریباً نصف گھنٹے بعد جب غلام قادر کو مردانہ لباس میں شاہی بیگمات کے سامنے پیش کیا گیا تو وہ سناٹے میں آگئیں، اس غضب کا انسانی حسن پہلے کبھی اور کہیں دیکھنے میں نہ آیا تھا۔ شاہی بیگمات اور اٹھتی جوانیوں نے غلام قادر کو پروانہ وار اپنے حصار میں لے لیا۔ سرخوشی بیگم کا حال بیان سے باہر تھا۔ اس کی اندرونی

مسرت اس کے انگ انگ اور نس نس سے پھوٹی پڑ رہی تھی، خود غلام قادر بھی بہت خوش تھا کیونکہ یہ اس کا اپنا لباس تھا۔ مردانہ لباس، سرخوشی کی بشاشت غلام قادر کی بشاشت تھی اور سرخوشی بھی اسے اس مردانہ لباس میں دیکھ کر خوشی سے پھولی نہ سما رہی تھی۔

سرخوشی کی ماں نے غلام قادر کی بڑی تواضع کی اور ان کی تیز نظریں یہ بات بھی اچھی طرح محسوس کرتی رہیں کہ نوخیز اور حسین شہزادیاں اسے کتنی للچائی اور حریص نظروں سے دیکھ رہی ہیں۔

سرخوشی بیگم نے غلام قادر سے کہا۔ "تمہیں میں یہاں بلا کر لائی ہوں۔ تم ہمارے ساتھ کیوں نہیں رہتے۔" پھر اپنی ماں سے ضد کرتی ہوئی بولی۔ "اچھی امی آپ اسے اپنے ساتھ رکھ لیجئے نا؟"

ماں نے جواب دیا۔ "غلام قادر بادشاہ کے فرزندِ خاص ہیں، یہ جہاں چاہیں رہیں، انہیں کوئی منع تھوڑی ہی کر سکتا ہے!"

سرخوشی بیگم نے غلام قادر سے اصرار کیا۔ "اب تم یہیں رہو گے، میں بادا جان سے بھی اجازت لے لوں گی!"

غلام قادر سب کی سن رہا تھا، خود کچھ بھی نہیں کہہ رہا تھا، اسے ایسا لگ رہا تھا جیسے وہ کوئی عجیب و غریب تماشی جانور ہے اور شاہی محلات کے لوگ اس سے دل بستگی حاصل کر رہے ہیں، وہ یہ بات بھی جانتا تھا کہ بادشاہ اس پر اس حد تک والہ و شیدا ہے کہ اگر وہ واقعی سرخوشی بیگم کے ساتھ رہ پڑے تو بادشاہ کو کوئی اعتراض نہ ہوگا۔ سرخوشی بیگم کی ماں نے غلام قادر کے تذبذب اور ساتھ رہ جانے کی آمادگی کو محسوس کر لیا۔ وہ گھبرا گئیں کہ کہیں وہ واقعی ان کے ساتھ نہ رہ جائے، وہ یہ چاہنے کے باوجود کہ غلام قادر ان کے ساتھ رہ جائے، ساتھ رکھنے پر آمادہ نہیں تھیں کیونکہ اس میں محلاتی سازشوں کے آغاز ہو جانے کا امکان پایا جاتا تھا۔ غلام قادر حسین جمیل لڑکا تھا اور شہزادیوں میں اس کے حسن کا زبردست چرچا تھا ان حالات میں اگر غلام قادر، سرخوشی بیگم کے ساتھ رہنے لگتا تو بہت ساری شہزادیاں سرخوشی بیگم سے جلنے اور حسد کرنے لگتیں، انھوں نے غلام قادر کو محبت اور گرم جوشی سے اپنی اقامت گاہ کی سیر کرانی شروع کر دی۔ وہ اپنے کمروں کی آرائش و زیبائش اور دیواروں کی پچی کاری اور نقش و نگار دکھاتی رہیں، وہیں موقع پا کر تنہائی میں غلام قادر کو سمجھایا۔ "غلام قادر! تم ہمارے ساتھ رہنے پر مصر نہ ہونا، سرخوشی بیگم ابھی ناسمجھ ہے، وہ چاہتی ہے کہ تم اس کے ساتھ

رہو لیکن وہ یہ نہیں سمجھتی کہ تمہارے ساتھ رہ جانے سے کیسے کیسے فتنے اٹھ کھڑے ہوں گے۔ تم ابھی وہیں رہو جہاں رہ رہے ہو، پھر موقع محل دیکھ کر ہم تمہیں اپنے ساتھ ہی رکھ لیں گے!"

غلام قادر نے جواب دیا۔ "قلعے کی چہار دیواری اور محلات کی سنگین دیواروں میں میرا دم گھٹتا رہتا ہے، میں یہاں بخوشی نہیں رہ رہا اور میری ہرگز یہ خواہش نہیں کہ سرخوشی بیگم کے ساتھ رہنے لگوں، ہاں سرخوشی بیگم کی پر لطف اور مزے مزے کی باتیں مجھے اچھی ضرور لگتی ہیں!"

سرخوشی کی ماں نے ٹالنے کے انداز میں کہا۔ "یوں یہ پورا قلعہ تمہارا گھر ہے، ہمارے دروازے بھی تم پر کھلے ہوتے ہیں، جب چاہو آؤ، جتنی دیر چاہو رہو، ہم تمہیں ہمیشہ خوش آمدید کہیں گے!"

غلام قادر وہاں جتنی دیر رہا، خوش رہا۔ سرخوشی بیگم اس سے بڑی پیاری پیاری باتیں کرتی رہی اور یہی زور دیتی رہی کہ وہ اس کے ساتھ رہ جائے لیکن غلام قادر نے یہ عذر کر کے پیچھا چھڑایا کہ جب بادشاہ سلامت اس کے ساتھ رہنے کی اجازت عطا فرما دیں گے، وہ رہنے لگے گا۔

اس کے چلے جانے کے بعد شہزادے اظفری نے ماں کو غلام قادر کے خلاف بہت سمجھایا اور منع کیا کہ آئندہ وہ غلام قادر کو اس محل میں نہ آنے دیں۔ شہزادہ اظفری کو بھی یہی حسد تھا کہ آخر محل کے لوگ غلام قادر کے حسن پر اتنے مفتوں کیوں ہیں اور یہ شہزادیاں اور دوسری نوخیز لڑکیاں گھما پھرا کر غلام قادر ہی کے حسن کا ذکر کیوں چھیڑ دیتی ہیں۔

سرخوشی بیگم کو جب بھی غلام قادر مل جاتا، وہ اس کے ساتھ گھنٹوں گھومتی پھرتی رہتی، شہزادیاں اور محل کی بڑی بوڑھیاں جلتی کڑھتی رہتیں اور سرخوشی بیگم کی ماں کو سمجھاتیں کہ "اسے قابو میں رکھو، آثار اچھے نہیں ہیں!"

سرخوشی بیگم کی ماں جواب دیتیں۔ "غلام قادر بادشاہ سلامت کا فرزندِ خاص ہے، میں اسے کس طرح منع کر سکتی ہوں!"

حاسد عورتیں کہتیں۔ "ہم تمہیں از راہ ہمدردی سمجھاتے ہیں کیونکہ اگر کسی بدنامی سے بچی رہو تو بیا اس سے کہیں بہتر ہے کہ خواہ مخواہ کسی تہمت کی شکار ہو جاؤ!"

"تہمت کیسی؟" سرخوشی بیگم کی ماں جوش میں آگئیں۔ "ابھی سرخوشی کی عمر ہی کیا ہے اور پھر غلام قادر خود بھی ابھی بچہ ہے!"

کسی بڑی بوڑھی نے جواب دیا۔ "چودہ سال کی عمر تہمت کے لئے کافی ہے کیونکہ ہمارے خلد آشیانی حضرت جہانگیر کی پہلی شادی پندرہ سال کی عمر میں ہوگئی تھی۔"

ان باتوں کے کئی دن بعد بادشاہ غلام قادر کو اپنے ساتھ لئے ہوئے سرخوشی بیگم اور اس کی ماں سے ملنے محل میں پہنچا تو سرخوشی کی ماں نے ناخوشگوار رویہ اختیار کیا، انہوں نے بادشاہ کی شان دار پذیرائی کی لیکن غلام قادر کی طرف سے منہ پھیر لیا۔ ماں کے برعکس سرخوشی بیگم بہت خوش ہوئی، بولی۔ "آج میں تمہیں حضور باواجان سے اپنے ساتھ رکھنے کی اجازت حاصل کرلوں گی!"

ماں نے بیٹی کو ڈانٹا، بولیں۔ "لڑکی! تو کیوں ہم سب کی عزت کے پیچھے پڑی ہوئی ہے!"

بادشاہ نے پوچھا۔ "یہ معاملہ کیا ہے، کچھ ہمیں بھی تو بتاؤ!"

بادشاہ بیگم نے عرض کیا۔ "آپ کا یہ فرزندِ خاص کبھی کبھی ہمارے پاس آجاتا ہے لیکن محلات کی دوسری بیگمات یہ بات نہیں پسند کرتیں اور مجھ سے کہتی رہتی ہیں کہ میں غلام قادر کو اپنے محل میں آنے سے روکوں۔"

بادشاہ نے چیں بہ جبیں ہو کر سوال کیا۔ "وہ ایسا کیوں کہتی ہیں؟"

بادشاہ بیگم نے جواب دیا۔ "وہ کہتی ہیں کہ اگر آپ کا یہ فرزندِ خاص بدستور آزادی سے میرے پاس آتا جاتا رہا تو خدانخواستہ ایک نہ ایک دن مجھے کسی شرمناک رسوائی کا سامنا کرنا پڑے گا!"

بادشاہ ناراض ہوگیا، غصے میں کہا۔ "غلام قادر ہمارا فرزندِ خاص ہے اور یہ ایک ایسی واشگاف حقیقت ہے کہ محلات اور قلعے کا بچہ بچہ اس سے واقف ہے، پھر یہ مفسد بیگمات اور حاسد خواتین ہمارے فرزندِ خاص کے خلاف ایسی دل آزار باتیں کیوں کرتی رہتی ہیں!"

بادشاہ نے غلام قادر کی طرف دیکھا اور دریافت کیا۔ "کیا تم یہاں رہنا پسند کروگے؟"

غلام قادر نے جواب دیا۔ "جی بندہ پرور!"

بادشاہ نے بادشاہ بیگم سے کہا۔ "لو غلام قادر بھی یہیں رہنا چاہتا ہے، اسے تم

اپنے پاس ہی رکھ لو اور اس سلسلے میں آیندہ جو کوئی بھی اپنی زبان کھولے تم ہمیں مطلع کر دینا ہم اس سے خود ہی جواب طلب کر لیں گے !"

بادشاہ اس محل میں دیر تک قدم رنجہ فرماتے رہے۔ جب واپس جانے لگے تو غلام قادر کو وہیں رک جانے کا حکم دیا۔ شہزادہ اظفری بہت چراغ پا ہوا۔ اس میں اتنی ہمت تو تھی نہیں کہ بادشاہ کو اس حکم کی واپسی پر مجبور کر دیتا لیکن اپنی ماں کو یہ حکم ضرور دیا کہ جس طرح بھی ممکن ہو، غلام قادر کو اپنے محل سے چلتا کر دیا جائے۔

سرخوشی بیگم بہت خوش تھی، اس نے غلام قادر کے دونوں ہاتھ پکڑ لئے اور خوشی سے ناچ کر بولی۔ "بادا حضور نے کہہ دیا کہ تم یہیں ہمارے ساتھ رہو۔ اب تو رہو گے یا اب بھی نہیں ؟"

غلام قادر نے جواب دیا۔ "شہزادی ! مجھے یہاں ہر چہار طرف سے اجنبیت کی بو محسوس ہوتی ہے، معلوم نہیں کیوں مجھے یہاں اچھا نہیں لگتا !"

شہزادی اسے ایک طرف لے جاتی ہوئی بولی۔ "آؤ میرے ساتھ چلو آج میں تم سے بہت ساری باتیں کروں گی !"

غلام قادر، شہزادی کے ساتھ نہر بہشت کے کنارے چلا گیا اور اس کی سیڑھیوں پر پیر لٹکا کر بیٹھ گیا۔

شہزادی اس وقت معلوم نہیں کیوں بہت سنجیدہ اور غم زدہ نظر آرہی تھی، غلام قادر نے پوچھا۔ "کیا سوچ رہی ہیں شہزادی ؟ کچھ مجھے بھی بتائیں گی بھلا ؟"

شہزادی نے پوچھا۔ "تمہاری امی اور ابا کہاں ہیں ؟"

"میرے، ابا اماں ان سے آپ کا کیا کام ؟" غلام قادر نے جواب دیا۔

شہزادی نے شرمسار ہو کر کہا۔ "میں یہ اس لئے پوچھ رہی تھی کہ اگر تمہارے ماں باپ موجود ہیں تو میں کوشش کروں کہ وہ بھی یہیں آجائیں اور آرام و آسائش سے رہیں!"

غلام قادر کو ہنسی آگئی، طنز سے مسکراتا ہوا بولا۔ "شہزادی ! مجھ سے یہاں کوئی بھی خوش نہیں، محل کے لوگ الگ مجھ سے جلتے ہیں، ان حالات میں میرا یہاں رہنا ٹھیک نہیں ہے !"

شہزادی نے مچلتے ہوتے کہا۔ "نہیں تم ہمارے ساتھ رہو گے !" پھر پوچھا۔ "تمہارے ابا اماں کہاں ہیں ؟ تم میرے سوال کا جواب کیوں نہیں دیتے ؟"

اس نے جواب دیا۔ "ہماری ماں دوسرے خاندان والوں کے ساتھ آپ کے باداجان

کی حفاظت میں ہیں اور ابا ادھر چلے گئے۔"

"اچھا!" سرخوشی نے کہا۔ "کوئی پروا نہ کرو، وہ کہیں بھی رہیں تمہیں کیا، تم تو یہیں رہو گے!"

غلام قادر نے جواب دیا۔ "میں ہمیشہ یہاں تھوڑے ہی رہوں گا۔ بس جب تک ہوں تب تک ہوں، کسی دن بھی یہاں سے چلا جا سکتا ہوں!"

سرخوشی نے خوشی سے کہا۔ "میں تمہیں کہیں بھی نہ جانے دوں گی، تم ہم سب کے ساتھ ہی رہو۔ آخر یہاں تمہیں تکلیف کیا ہے؟"

"تکلیف!!" غلام قادر کے ہونٹوں پر زہر خند نمودار ہو کر غائب ہو گئی۔ "کوئی ایک تکلیف ہو تو عرض کروں، یہاں تکلیف ہی تکلیف ہے چاروں طرف!"

سرخوشی عجیب حیرت سے اس کی صورت دیکھنے لگی۔ کچھ تامل کے بعد بولی۔ "کون سی تکلیف؟ ذرا بتانا تو، میں بھی تو سنوں اپنے کانوں سے وہ تکلیفیں جو تمہیں پہنچ رہی ہیں!"

"سرخوشی بیگم!" غلام قادر نے کہا۔ "کچھ تکلیفیں ایسی ہیں جنہیں برملا بیان کیا جا سکتا ہے اور کچھ ایسی ہیں جنہیں زبان سے ادا نہیں کیا جا سکتا!"

"اچھا جو زبان سے ادا کی جا سکتی ہیں، ان تکلیفوں کا ذکر تو کر دو!"

"سرخوشی بیگم!" وہ کہنے لگا۔ "آپ کے بھائی شہزادے اظفری یہ بات بالکل پسند نہیں کرتے کہ میں آپ کے محل میں رہوں، اسی طرح محلات کی دوسری بیگمات اور خواتین بھی آپ کے محل میں میرے قیام سے ذرا بھی خوش نہ ہوں گی!"

سرخوشی کسی سوچ میں پڑ گئی، وہ بہت اداس ہو گئی تھی، دیر تک چپ چاپ کچھ سوچتی رہی، آخر کسی نتیجے پر پہنچ کر بولی۔ "اچھا پھر ایک کام کرو!"

"وہ کیا؟" غلام قادر نے سوال کیا۔

"یہاں سے تم اپنے گھر چلے جاؤ، پھر ہم سب وہیں آ جائیں گے اور ایک ساتھ رہنے لگیں گے!" لیکن ساتھ ہی کسی تشویش ناک سوال نے اسے فکرمند کر دیا، پوچھا۔ "مگر ایک بات تو بتاؤ!"

"پوچھیے!"

"تمہارے گھر والے ہمارے ایک ساتھ رہنے سے خفا تو نہیں ہوں گے؟"

"نہیں!" غلام قادر نے جواب دیا۔ "ہاں یہ بات البتہ ناممکن سی ہے کہ آپ ہمارے

گھر چلی آئیں!"

"نہیں یہ بات نہیں ہے، تم ہمیں اپنے گھر بلا کر دیکھنا، ہم نہ آجائیں تب کہنا!"

غلام قادر اور سرخوشی بیگم دیر تک باتیں کرتے رہے اور نہیں سرخوشی بیگم نے نہایت معصومیت سے اس حقیقت کا اعتراف کیا کہ وہ غلام قادر کو بہت پسند کرتی ہے لیکن جواب میں غلام قادر یہ نہیں کہہ سکا کہ وہ خود بھی اسے کچھ کم نہیں چاہتا۔ شہزادہ اظفری اس دن بھی ان دونوں کی محبت میں مخل ہوا اور سرخوشی بیگم کو زبردستی اٹھا لایا۔

دیوان خاص میں مرہٹوں کا ہجوم تھا۔ بادشاہ نے غلام قادر کو زنانہ لباس پہنوا کے اپنی بغل میں بٹھا رکھا تھا۔

مرہٹے کہہ رہے تھے۔ "جناب والا! ہم اودھ کے حکمراں شجاع الدولہ کی خواہش پر ضابطہ خان کی آزادی اور دربار کے پرانے منصب کی بحالی کے لئے کوشاں ہیں!"

بادشاہ نے پریشانی سے کہا۔ "لیکن یہ مسئلہ تو ہمارا اپنا ذاتی ہے، تم فیصلہ کرنے والے کون ہوتے ہو؟"

مرہٹہ سردار نے کہا۔ "یہ ہم کہتے ہیں جو ہم کہیں گے حضور والا کو اس کا حکم صادر فرمانا پڑے گا، اب تک آپ نے نجف خان کو چڑھا رکھا ہے۔ جو اودھ کے شجاع الدولہ کا رشتے دار ہے، وہ مرہٹوں کے خلاف سازشیں کرتا رہتا ہے، ہم چاہتے ہیں آپ اسے معزول کر دیں اور منصب امیر الامرائی پر ضابطہ خان کو فائز کر دیں اور اس کے گرفتار اہل خاندان کو رہا فرما دیں!"

بادشاہ نے عاجز آکے کہا۔ "عجیب مصیبت ہے، کبھی تم لوگ نجف خان کو اچھا کہتے ہو اور ضابطہ خان کے دشمن ہو جاتے ہو اور کبھی ضابطہ خان سے ہمدردی کرنے لگتے ہو اور نجف خان سے دشمنی کرنے لگتے ہو، آخر یہ ماجرا کیا ہے؟"

مرہٹہ سردار نے کہا۔ "نجف خان اپنے عزیز اودھ کے حکمراں شجاع الدولہ سے مل کر مغل دربار پر اس طرح قابض رہنا چاہتا ہے کہ پورے ہندوستان کے سیاہ و سفید کا فیصلہ شجاع الدولہ اور نجف خاں کی مرضی اور خواہش کے مطابق ہوا کرے جبکہ ضابطہ خاں نے ہم سے یہ وعدہ کیا ہے کہ اگر اسے منصب امیر الامرا دوبارہ مل جاتے تو وہ مرہٹوں سے مل کر، ان کی خواہشات اور مشوروں کے مطابق اپنے فرائض انجام دے گا!"

بادشاہ نے مجبوری سے کہا۔ "ہم تمہاری خواہش کے مطابق امیر الامرائی کا منصب

ضابطہ خان کے حوالے کر دیں گے لیکن نجف خان سے نمٹنا تمہارا کام ہوگا!"

"وہ بے شک ہم پر چھوڑ دیجئے!" مرہٹہ سردار نے کہا۔ "کیونکہ نجف خان سے نمٹنا کوئی مشکل کام نہیں ہے، ہم اسے پسپا کرنے کے بعد ہی تو قلعے میں داخل ہو سکے ہیں۔"

بادشاہ نے کہا۔ "ہاں ایک بات اور ایسی ہے کہ اس کی پوری طرح تعمیل نہ ہو سکے گی!"

مرہٹہ سردار سوالیہ نظروں سے بادشاہ کی صورت دیکھنے لگا۔

بادشاہ نے غلام قادر پر ایک نگاہِ شوق ڈالی، اس کے بعد گویا ہوا۔ "ضابطہ خان کے خاندان والے بھی رہا کر دیے جائیں گے لیکن ہم غلام قادر کو فی الحال اپنے پاس ہی رکھنا چاہتے ہیں!"

مرہٹہ سردار نے کہا۔ "نہیں، معاہدے کے مطابق ہم غلام قادر کو رہا کرانے پر مجبور ہیں!"

بادشاہ نے جواب دیا۔ "ہم نے اسے فرزندِ خاص بنا لیا ہے اور ہمیں اس سے غیر معمولی انس ہو گیا ہے اگر غلام قادر قلعہ معلیٰ میں شاہی خاندان کے ایک فرد کی حیثیت سے رہتا ہے تو اس میں تو اس کے اور اس کے خاندان کے لئے ایک فخر و افتخار کا پہلو موجود ہے!"

مرہٹہ سردار نے غلام قادر سے سوال کیا۔ "نواب زادے! تم خود کہاں رہنا پسند کرو گے؟"

غلام قادر نے جواب دیا۔ "اپنے گھر، غوث گڑھ میں رہنے کو ترجیح دوں گا!"

مرہٹہ سردار نے بادشاہ کی طرف دیکھا اور طنز سے کہا۔ "اب فرمایئے!"

بادشاہ کو بہت دکھ ہوا۔ اس نے حیرت اور غصے کی ملی جلی کیفیت سے غلام قادر کو دیکھا اور افسوس سے کہا۔ "غلام قادر! ہم نے تو یہ سمجھا تھا کہ تم ہم سے محبت کرنے لگے ہو۔ لیکن تم تو طوطا چشم نکلے۔ خیر کوئی بات نہیں، ہم نے ایک دلچسپ اور حسین تجربے میں ناکامی اٹھائی۔ کوئی بات نہیں، اپنے خاندان کے ساتھ تم بھی غوث گڑھ چلے جانا۔ ہم یہ صدمہ بھی برداشت کر لیں گے!"

یہ مرہٹہ سردار پیشوائے پونا کا نمائندہ تھا اور اس نے جو کچھ بھی کیا تھا، پیشوائے پونا کی منشا کے مطابق کیا تھا۔ مادھوجی سندھیا پیشوائے پونا کی اس پالیسی

سے متفق نہیں تھا بلکہ اس کی یہ خواہش تھی کہ دربار میں نجف خان ہی رہے۔ وہ نجیب الدولہ کی وجہ سے ضابطہ خان سے بہت جلتا تھا۔ جب اس نے یہ دیکھا کہ ضابطہ خان، امیرالامرا کی حیثیت سے دوبارہ آنے والا ہے تو اس نے در پردہ نجف خان کو چڑھا دیا کہ "وہ کسی بھی طرح ضابطہ خان کو برسرِ اقتدار آنے سے روکے" نجف خان کو یہ مشورہ دے کر مادھوجی جے پور کی طرف روانہ ہو گیا۔ دوسری طرف مرہٹوں کو گھر جانے کی جلدی تھی، وہ ضابطہ خان کو منصبِ امیرالامرائی دلانے سے پہلے ہی پونا چلے گئے۔ ضابطہ خان دہلی آیا لیکن نجف خان نے اسے کامیاب نہیں ہونے دیا۔ ہاں ضابطہ خان کا خاندان غوث گڑھ واپس بھیج دیا گیا لیکن غلام قادر کو چند دنوں کے لئے بادشاہ نے اپنے پاس ہی روک لیا۔

غلام قادر کو رہ رہ کے بادشاہ پر غصہ آتا تھا۔ بادشاہ نے اسے تخلیے میں طلب کیا اور سامنے بٹھا کر گلے شکوے کرتا رہا۔

بادشاہ نے کہا۔ "ہم نے تو یہ سوچا تھا کہ اگر تم مستقلاً ہمارے پاس رہے تو سنِ شعور میں داخل ہو جانے کے بعد تمہیں کسی اعلیٰ منصب پر فائز کر دیں گے لیکن تم بے وفا نکلے، ہمیں تم سے ایسی امید ہرگز نہ تھی!"

غلام قادر نے گردن اکڑا کر جواب دیا۔ "صاحبِ عالم! میں پیدا تو ہوا تھا سپاہ گری کے لئے، ملکوں اور قلعوں کی تسخیر میرا کام تھا لیکن مجھ سے یہ کام کبھی نہ لیا گیا یہاں جس ماحول اور جس حلیے میں مجھے رکھا گیا ہے، اسے میں زندگی بھر یاد رکھوں گا!"

بادشاہ نے اس کا ہاتھ پکڑ لیا، کہنے لگا۔ "خدا نے عورت اور مرد، دونوں کو پیدا تو دو آزاد مختلف جنسوں میں کیا تھا لیکن اس کے بندوں نے دونوں جنسوں سے وہ کام لیے جو ان کی صلاحیتوں اور قسموں میں ودیعت کر دیے گئے تھے!"

غلام قادر نے آہستہ سے کہا۔ "حضورِ والا! میں تو ایک ناچیز اور تابعدار انسان ہوں، مسلمانوں کی یہ نااتفاقیاں انہیں کسی نہ کسی کا غلام بنا کر رکھ دیں گی، یہ اب بھی سنبھل جاتے تو غنیمت تھا۔"

بادشاہ کو اس موضوع سے کوئی دلچسپی نہ تھی، اس سے گریز کرتا ہوا بولا۔ "سچ بتاؤ کبھی ہمیں تم یاد بھی کرو گے بھلا؟"

غلام قادر نے ذو معنی جواب دیا۔ "قبلۂ عالم! مجھے آپ ہمیشہ یاد رہیں گے

اور آپ نے مجھ پر جو کرم فرمائیاں روا رکھی ہیں، انہیں بھول جانے کا تو کوئی سوال ہی پیدا نہیں ہوتا!"

بادشاہ نے غمزدہ آواز میں کہا۔" تم یہ سمجھتے ہو گے کہ ہم ایک غافل انسان ہیں لیکن حقیقت اس کے برعکس ہے ہم قلعۂ معلی کے کسی بھی گوشے میں ہوں، ہمیں پورے قلعے اور پورے ملک کی خاص خاص اور اہم اہم خبریں برابر ملتی رہتی ہیں!"

غلام قادر کا دل دھڑکنے لگا۔ کہا۔"مثلاً کیسی خبریں؟"

بادشاہ نے کہا۔" سرخوشی بیگم تم سے بہت زیادہ مانوس ہو گئی ہے تمہاری عدم موجودگی میں تمہیں بہت یاد کرے گی!"

"قبلۂ عالم!" غلام قادر نے رقت سے کہا۔" قلعۂ معلی میں میری واحد ایک ہمدرد تھیں میں بھی انہیں ہمیشہ یاد رکھوں گا!"

بادشاہ نے کہا۔" ہم تمہیں قلعے میں رہ جانے کا حکم نہیں دینا چاہتے لیکن تم سے یہ سوال ضرور کریں گے کہ اگر سرخوشی بیگم تم سے کہے کہ تم اس کی خاطر یہاں رہ جاؤ تو تم کیا کرو گے؟"

غلام قادر پس و پیش میں مبتلا ہو گیا۔ قدرے سکوت کے بعد بولا۔" میں کچھ کہہ نہیں سکتا کہ کیا کروں گا، ہو سکتا ہے ان کی بات مان لوں اور یہ بھی ممکن ہے کہ مسترد کر دوں!"

بادشاہ نے کہا۔" ہمیں یہ بھی معلوم ہے کہ شہزادگان تم سے حسد رکھتے ہیں اور ہم یہ بھی جانتے ہیں کہ شہزادہ اظفری تم سے بطور خاص نفرت کرتا ہے اور شاید اسی وجہ سے تم شاہی محلات کی فضا سے دل برداشتہ ہو گئے ہو!"

غلام قادر کو بادشاہ کی ڈھٹائی اور ہٹ دھرمی پر غصہ آ رہا تھا کہ قلعے سے بے زاری کی اصل وجہ جاننے کے باوجود بادشاہ تجاہل فاسقانہ سے کام لے رہا تھا۔ اس نے جواب دیا۔" بادشاہ سلامت روشن ضمیر ہیں، میں قلعے کی رنگین اور پرآسائش فضا سے کیوں بھاگ رہا ہوں، قبلۂ عالم خوب اچھی طرح جانتے ہیں!"

بادشاہ تھوڑی دیر تک غلام قادر کو دیکھتا رہا۔ اس کے بعد کہا۔" اچھا، تم ایک دن تو اور رہ سکتے ہو، کل ہم تمہیں شان اور اعزاز سے رخصت کریں گے!"

دوسرے دن بادشاہ نے حسب وعدہ نہر بہشت کے کنارے ایک مخصوص نشست کا اہتمام کیا، یہاں سرخوشی بیگم، بادشاہ بیگم، شہزادہ اظفری کے علاوہ کچھ اور شہزادے شہزادیاں بھی موجود تھیں، بادشاہ سب کے آخر میں آیا لیکن ابھی وہ بیٹھا بھی نہ تھا کہ معلوم ہوا بادشاہ کو والدہ محترمہ یاد فرما رہی ہیں، بادشاہ اپنی ماں لال کنور کے پاس چلا گیا۔

سرخوشی بیگم نے معصومیت سے غلام قادر کا ہاتھ اپنے ہاتھ میں لے لیا اور سرخ و سفید ہتھیلی کی آڑی ترچھی لکیروں پر نظریں جما کر بولی۔" لوگ کہتے ہیں ہتھیلی کی لکیروں میں قسمت کا حال لکھا ہوتا ہے، اگر یہ سچ ہے تو تم کسی کو اپنی ہتھیلی دکھا کر یہ معلوم کرو کہ تم اس وقت ہم سے ہمیشہ کے لئے جدا ہو رہے ہو یا پھر کبھی ملاقات ہوگی۔"

غلام قادر نے جواب دیا۔" مجھے کچھ پتہ نہیں کہ ہتھیلی میں کیا لکھا ہے لیکن جہاں تک میرے ارادوں کا تعلق ہے، میں آپ سے ملنے کی کوشش ضرور کروں گا!"

شہزادہ اظفری ان دونوں سے ذرا دور کھڑا چل پھر رہا تھا اور دوسرے شہزادے اور شہزادیاں ہنس ہنس کر ان دونوں کا حاسدانہ مذاق اڑا رہے تھے۔

سرخوشی بیگم نے کہا۔" تم یہیں کیوں نہیں رہ جاتے؟"

"رہ تو جاؤں لیکن مجھے اپنی ماں یاد آتی رہتی ہے!"

" تو تم اپنی امی سے مل کر دوبارہ واپس آجاؤ!"

غلام قادر نے سرخوشی بیگم کی آنکھوں میں موجود محبت کی چمک محسوس کی اور ذرا کرب سے سوال کیا۔" کیا آپ میرے لئے میری خاطر اپنی امی کو چھوڑ کر میرے ساتھ غوث گڑھ چل سکتی ہیں؟"

سرخوشی بیگم کچھ سوچ میں پڑ گئی، پھر مذبذب انداز میں جواب دیا۔" ہاں کیوں نہیں لیکن شاید نہیں، چاہوں تو چل بھی سکتی ہوں لیکن نہیں ذرا ٹھہرو، میرا خیال ہے میں اپنی امی کو نہیں چھوڑ سکتی!"

غلام قادر نے جواب دیا۔" اور میں خود بھی اپنی ماں کو کس طرح چھوڑ سکتا ہوں!

سرخوشی بیگم نے آسان ساحل پیش کر دیا۔" تب پھر تم اپنی امی کو بھی یہیں بلا لو!"

غلام قادر نے کہا۔ "بلا تو لوں لیکن وہ یہاں آنا ہرگز پسند نہیں کریں گی!"

"کیوں؟"

"اس لیے کہ ہم دونوں کے خاندانوں میں ایک دوسرے کے خلاف نفرتیں، عداوتیں چلی آرہی ہیں!" پھر کسی قدر اداسی اور افسوس سے کہا۔ "ابھی کچھ دنوں پہلے تک میری ماں یہیں کہیں اسیری میں اپنے دن گزار رہی تھیں، اگر انہیں یہاں بلایا جائے تو وہ یہاں آنا ہرگز پسند نہ کریں گی!"

"تب پھر کیا کریں؟"

"مجھے چلا جانے دیجئے میں کوئی کوشش ضرور کروں گا!"

تھوڑی دیر بعد بادشاہ کی طرف سے یہ پیغام موصول ہوا کہ وہ تشریف نہیں لاسکیں گے، محفل برخاست کردی جائے۔

اندر بادشاہ کی ماں لال کنور اس بات پر بہت برہم تھی کہ نجیب الدولہ کے پوتے کے اعزاز میں آخر یہ محفل منعقد ہی کیوں کی گئی۔ اس نے شاہ عالم کو ڈانٹتے ہوئے کہا "کیا تو پاگل ہوگیا ہے، اس سپولئے کو جتنی جلدی دفعان کرسکتا ہے کردے کیونکہ یہ اسی باپ کا تو بیٹا ہے جس نے تیری عدم موجودگی میں محل کی بعض خواتین سے ناجائز گفتنی تعلقات قائم کر رکھے تھے!"

بادشاہ نے لجاجت سے کہا تھا۔ "مادر محترم! آپ مطمئن رہیں، غلام قادر قلعے سے رخصت کردیا جائے گا لیکن ہمیں اس محفل میں شریک ہونے کی اجازت ضرور مرحمت فرمادیں!"

"نہیں، اس کی کوئی ضرورت نہیں!" لال کنور نے غصے سے کہا۔ "پیر کی جوتی کو سر پہ کیوں رکھتے ہو، یہ پٹھان زادہ اس کا ہرگز مستحق نہیں ہے کہ ہندوستان کا مغل بادشاہ اس کی پذیرائی کرے!"

بادشاہ نے مردہ سی آواز میں کہا۔ "بہتر ہے!"

وہ سر جھکا کے ماں کے سامنے بیٹھ گیا۔ لال کنور نے بدستور غصے سے کہا۔

"ہاں ایک بات اور کہنی ہے، یہ سرخوشی بیگم کا کیا چکر ہے، اس بالشت بھر کی چھوکری کو روکو اور اسے بتاؤ کہ ابھی اس کی عمر نہیں ہے کہ اس غدار روہیلے سے عشق کرے، عشق میں بھی آدمی کی ذات، خاندان اور دوسری اہم باتوں کا ضرور خیال رکھنا چاہیے!"

جب بادشاہ ماں کے سارے احکام سن چکا تو واپس جانے سے پہلے اتنا ضرور عرض کیا کہ: "ماں کا حکم سر آنکھوں پر لیکن ہم یہ ضرور جاننا چاہتے ہیں کہ کیا مادرِ محترم یہ سمجھتی ہیں کہ ہماری موجودگی میں سرخوشی بیگم عشق لڑانے کی ہمت کر سکتی ہے اور پھر وہ تو ضرورت سے زیادہ سیدھی معصوم اور کم سمجھ لڑکی ہے۔"

لال کنور نے جھنجلا کر کہا: "میں عورت ہوں اور اس کھیل سے خوب اچھی طرح واقف ہوں!"

بادشاہ نے کہا: "اچھا، ہم اس محفل میں خود تو نہیں جائیں گے لیکن محفل کی برخاستگی کا حکم ضرور بھیج دیں گے!"

بادشاہ نے اسی وقت یہ حکم جاری کر دیا۔

سرخوشی بیگم نے جدا ہوتے سے پہلے غلام قادر سے کہا: "میں تمھارا انتظار کروں گی کبھی نہ کبھی تو آؤ گے نا!"

غلام قادر نے بالوں پر ہاتھ پھیر کر محبت سے جواب دیا: "ضرور، میں آپ کو ہمیشہ یاد رکھوں گا!"

غلام قادر قلعۂ معلّٰی سے اپنے گھر چلا گیا۔ کنجوس بادشاہ نے اپنے اس فرزندِ خاص کو روانہ کرتے وقت تحفے تحائف سے بھی نہیں نوازا۔ ضابطہ خان کو منصب امیرالامرائی نہیں مل سکا کیونکہ کمزور اور کٹھ پتلی بادشاہ پر نجف خان پھر حاوی آگیا تھا! جس مرہٹہ سردار نے ضابطہ خان کو امیرالامرا کا منصب دلوایا تھا: وہ پونا جا چکا تھا، مادھو جی سندھیا نے کھل کر نجف خان کی تائید کی اور اسے وزارت کے عہدے پر فائز رکھا۔ ضابطہ خان برابر ہاتھ پیر مار رہا کہ وہ کسی طرح شاہ عالم ثانی کا امیرالامرا ہو جائے لیکن پریشانیوں کے سوا کچھ ہاتھ نہ آیا۔ ضابطہ خان نے اپنی ہم عصر ہر بڑی طاقت کا سہارا لینا چاہا لیکن یا تو ہر بڑی طاقت نے اسے بے وقوف بنا کر زیادہ سے زیادہ فائدہ اٹھانا چاہا یا اپنے غلط فیصلوں اور تلون مزاجی سے خود کو کوئی بڑا نقصان پہنچا لیا۔ وہ کبھی اودھ کے شجاع الدولہ کا سہارا لیتا، کبھی مرہٹوں کی اعانت کا طالب ہوتا اور کبھی سکھوں میں پناہ لیتا۔ نو عمر غلام قادر یہ سارے تماشے دیکھ رہا تھا اور اسے اپنے باپ پر غصہ آرہا تھا، اسے باپ کی یہ روش بالکل ناپسند تھی کہ وہ ہندوؤں سے مدد لے کر اپنا خاندانی منصب بحال کرے۔

غلام قادر کی دوربیں نظریں اپنی عقل اور سمجھ کے مطابق گرد و پیش کی سیاسیات کا

جائزہ لیتی رہی اور وہ بہ آسانی اس نتیجے پر پہنچ چکا تھا کہ اس کا باپ ضابطہ خان جس منصب کی بحالی اور حصولیابی کے لیے غیروں کے دامن پکڑتا پھر رہا ہے، وہ ذاتی وجاہت اور طاقت کے بل پر حاصل کیا جاسکتا ہے۔ روہیلوں اور اس کے خاندان پر جو مصیبتیں نازل ہو چکی تھیں یا ہو رہی تھیں، وہ ان کا واحد ذمے دار اپنے باپ کو قرار دیتا تھا۔ وہ شب و روز کا بیشتر وقت فنِ سپاہ گری سیکھنے اور دہلی کی سیاسیات کو سمجھنے میں گزار دیتا۔ اسے قلعۂ معلی اور شاہی محلات کی شرمناک اور اہانت آمیز باتیں یاد آتی رہتیں۔ اسے شہزادہ ظفری یاد آتا۔ سرخوشی بیگم یاد آتی۔ ان کی ماں یاد آتی۔ نوخیز جوانیاں اور حرص و ہوس میں غوطہ زن شہزادیاں یاد آتیں۔ اور ان سب کے لیے اس کے الگ الگ محسوسات تھے۔ وہ شیخ چلی کی طرح منصوبے باندھتا رہتا۔ وہ غوث گڑھ سے اٹھ کر لال قلعے پر چھا جانا چاہتا تھا۔ اور پھر لال قلعے سے پورے ہندوستان کو اپنے دونوں بازوؤں میں سمیٹ لینا چاہتا تھا۔ اس کا تصوراتی ہیرو احمد شاہ درانی تھا۔ اس کا دادا نجیب الدولہ تھا۔ وہ ایک عظیم مسلم حکومت کا خواب دیکھ رہا تھا۔

سکھ ضابطہ خان کی مدد پر آمادہ تھے۔ انھوں نے پانی پت میں شاہ عالم اور مرہٹوں کی مشترکہ فوج سے زوردار ٹکر لی لیکن پسپا ہوئے اور ضابطہ خان جان بچانے کی خاطر سکھوں کے علاقوں میں چلا گیا۔ شاہی فوجیں ضابطہ خان کے آبائی قصبے غوث گڑھ (سہارنپور) کی طرف بڑھیں۔ اب غلام قادر اٹھارہ سالہ نوجوان تھا۔ شاہ عالم اور مرہٹوں کی فوجیں ضابطہ خان کو تلاش کر رہے تھے، ان کو خیال تھا کہ ضابطہ خان نے بھاگ کر غوث گڑھ میں پناہ لی ہو گی لیکن انھیں کیا معلوم تھا کہ وہ سکھوں کے ساتھ مشرقی پنجاب میں پناہ گزین ہے۔ غلام قادر اپنے بزرگوں کے ساتھ میدانِ جنگ میں اتر آیا اور ایک سخت معرکۂ کارزار برپا ہوا۔ مغلوں اور مرہٹوں کی کثیر افواج نے روہیلوں کو شکست دے دی اور فاتح غوث گڑھ کے قلعے میں داخل ہو گئے۔ مرہٹوں نے غلام قادر کو زندہ گرفتار کر لیا۔ اور انھوں نے روہیلہ خواتین کو ان کے گھروں سے باہر نکالنا شروع کیا۔ ان کی ساری دولت لوٹ لی گئی۔ یہ جنگ جو اچانک چھڑی تھی اور ناقص تیاریوں کی وجہ سے ہاری گئی تھی، غلام قادر کے جسم میں آتشِ انتقام کو مزید ہوا دینے کا باعث بن گئی۔

غلام قادر نے دیکھا، مرہٹے اور مغل سپاہی اس کی خواتین کی جامہ تلاشی لے رہے ہیں اور ان کے زیورات اور انگلیوں کے چھلے نہایت بے دردی اور بدتمیزی سے نوچ رہے ہیں عورتوں کے آنسوؤں اور آہ و بکا پر سپاہی ہنس ہنس کر ان کا مذاق اڑا رہے ہیں۔ بادشاہ کی نظریں غلام قادر کو تلاش کر رہی تھیں، اس کا خیال تھا کہ غلام قادر اس کے مقابلے پر نہیں آیا ہو گا اس نے مادھو جی سے کہا: ذرا غلام قادر کا پتہ تو چلانا، وہ یقیناً محسن کشی اور احسان فراموشی پر

آمادہ نہ ہوا ہوگا اور قلعے میں کہیں منہ چھپائے بیٹھا ہوگا!"

مادھوجی نے جواب دیا: "غلام قادر کو بہت جلد حضور کی خدمت میں پیش کر دیا جائے گا کیونکہ اسے میدان جنگ سے ہتھیاروں سمیت گرفتار کیا جا چکا ہے!"

"میدان جنگ سے؟" بادشاہ نے حیرت سے اپنا منہ کھول دیا۔

"جی حضورِ والا میدانِ جنگ سے!" مادھوجی نے کہا۔ "اس کے چہرے پر پسینے کی نمی میں جم جانے والی گرد و غبار کی تہہ حضور اپنی آنکھوں سے ملاحظہ فرمائیں گے اور دورانِ جنگ خون کے چھینٹوں کے داغ دھبے اس کے لباس پر ایک نظر میں دیکھے جا سکتے ہیں اور شاید کہیں نہ کہیں کوئی زخم بھی آیا ہوگا!"

بادشاہ کو ان باتوں کا یقین نہیں آیا اس کا خیال تھا اس نے غلام قادر کا دل موہ رکھا ہے اور اسے شاہی محلات میں جو آسائشیں پہنچائی گئی تھیں، غلام قادر ان کا احسان مند ہوگا لیکن جو کچھ معلوم ہوا تھا، وہ توقع کے برعکس تھا۔ بادشاہ نے حکم دیا۔ "غلام قادر کو حاضر کیا جائے؟"

مرہٹوں نے غلام قادر کو بادشاہ کے روبرو پیش کر دیا۔

بادشاہ نے غلام قادر کے سراپا کا جائزہ لیا۔ اس کے دونوں ہاتھ زخمی تھے اور بائیں طرف کنپٹی کے نیچے کسی وجہ سے کھال اُدھڑ گئی تھی اور اس میں سے خون بہہ بہہ کر گال پر جم گیا تھا۔ پورا چہرہ گرد و غبار میں اٹا ہوا تھا۔

بادشاہ نے غصے میں کہا: "تجھے شاہی افواج کے مقابلے میں تلوار اٹھاتے شرم نہیں آئی؟"

غلام قادر نے جواب دیا: "میں نے حملہ آوروں کے خلاف تلوار اٹھائی تھی خود حملہ کرنے دہلی نہیں گیا تھا!"

بادشاہ نے جوش میں کانپتے ہوئے کہا: "تیرا باپ غدار ہے ہماری افواج اس کی تلاش میں یہاں آئی تھیں، تم لوگوں نے مزاحمت کی تو ہماری افواج کو مجبوراً تیری قوم کے خلاف تلوار اٹھانی پڑی!"

غلام قادر نے جواب دیا "حضورِ والا کی تربیت بھی وہی ہے جو میری ہے ہم دونوں مسلمان ہیں، مجھے افسوس اس بات کا نہیں ہے کہ مغل فوجوں نے ہمیں تباہ و برباد کر دیا بلکہ زیادہ افسوس اس بات کا ہے کہ ایک مسلمان بادشاہ کی سربراہی میں مرہٹوں نے ہمیں ذلیل و خوار کیا!"

مادھوجی سندھیا نے کہا۔"حضور والا! ملاحظہ فرمائیں، اس کا انداز فکر بھی وہی ہے جو اس کے دادا نجیب الدولہ کا تھا، یہ بھارت ورش کے باسیوں میں مذہب کی بنیاد پر اختلاف و افتراق پھیلانا چاہتا ہے اور یہی بات فساد کی جڑ ہے!"

غلام قادر نے نفرت سے مادھوجی کو دیکھا، مادھوجی کو اس روہیلے نوجوان کی آنکھوں میں ویسی ہی چمک اور وہی حقارت محسوس ہوئی جو ۱۷۷۱ء میں ایک متعاقب افغان کی آنکھوں میں دکھائی دی تھی۔

غلام قادر نے نفرت سے جواب دیا۔"مرہٹہ سردار! مذہب کی بنیاد پر فساد تم پھیلاتے پھرتے ہو، ہم نہیں، اگر تمہاری بات درست ہوتی تو آج ہم ہندوستان کے چپے چپے پر موجود ہوتے، ہم تمہیں بزور شمشیر مسلمان ہونے پر مجبور کر دیتے، اور تم اس ملک میں اقلیت میں ہوتے!"

مادھوجی نے بادشاہ کو ہمدردی طلب نظروں سے دیکھتے ہوئے کہا۔"اگر ہم متعصب ہوتے تو ایک مسلمان بادشاہ کی مدد ہرگز نہ کرتے اور اسے الٰہ آباد سے لا کر دہلی کے تخت پر نہ بٹھاتے!"

"تم نے یہ سب کاروباری نقطۂ نظر سے کیا ہے!" غلام قادر نے جواب دیا۔"کیونکہ تم نے بادشاہ کے ساتھ جو سلوک بھی کیا ہے، اس کی تہہ میں تمہاری اغراض کارفرما ہیں، تم اپنی خدمات کا معاوضہ اس سے کہیں زیادہ وصول کر رہے ہو جس کے تم مستحق تھے، تم بادشاہ کو اپنے قابو میں رکھ کر مسلمانوں کی تباہی اور بربادی کے درپے ہو!"

مادھوجی نے بادشاہ کو تیز نظروں سے دیکھتے ہوئے کہا۔"حضور والا! ملاحظہ فرمائیں، یہ نادان پٹھان کس بری طرح ہماری خدمات نظرانداز کر کے، ریاکارانہ ثابت کرنے کی کوشش کر رہا ہے!"

بادشاہ مرہٹوں کے رحم و کرم پر تھا۔ غلام قادر کو ڈانٹ دیا۔"غلام قادر! تمہیں ہم نے اپنی فرزندی میں لیا تھا اور تم سے ہمیں ایک قسم کا تعلق خاطر بھی ہو گیا تھا لیکن تم یہ مت بھولو کہ یہ بھی ہماری روایات ہی کا ایک حصہ ہے کہ ہم نے وقت آنے پر بھائی، بیٹے اور باپ کا بھی خیال نہیں کیا!"

غلام قادر نے سر جھکا لیا۔ بولا۔"میں بھی آپ سے کسی ہمدردی یا رحم کا خواہش مند نہیں ہوں!"

بادشاہ نے جلال میں آ کر حکم دیا۔"ارے کوئی ہے جو اس گستاخ کو جہنم

داخل کردے!"

ایک مرہٹہ سردار تلوار سونت کر آگے بڑھا لیکن اسی وقت شاہی محلات کا ناظر منظور علی خواجہ سرا غلام قادر کی طرف بڑھا اور اپنا لبادہ اس پر ڈال دیا۔

بادشاہ نے غصے میں پوچھا "منظور علی! تو اسے پناہ کیوں دے رہا ہے؟"

خواجہ سرا نے جواب دیا "حضور والا! اسے اس کی سابقہ حیثیت کے پیش نظر معاف کر دیا جائے!"

کچھ بادشاہ کا دل بھی پسیجا اور اس نے گردن کے اشارے سے تلوار بکف مرہٹہ سردار کو پیچھے ہٹ جانے کا اشارہ کیا۔ اس کے بعد بادشاہ کے حکم پر روہیلے قیدیوں اور ان کی خواتین کو آگرے روانہ کر دیا گیا لیکن غلام قادر کو اپنے ساتھ دہلی لے گیا۔

بادشاہ کا یہ اٹھارہ سالہ خوبرو روہیلہ فرزند جب دوبارہ شاہی محلات میں داخل ہوا تو وہاں کی خواتین اور شہزادیوں میں ایک بھونچال آ گیا۔ شہزادے بری طرح حسد میں مبتلا ہو گئے۔ غلام قادر کو یہاں سرخوشی بیگم کی جستجو ہوئی لیکن وہ کہیں بھی نظر نہ آئی۔ اسے اس بات کا احساس بھی تھا کہ وہ اب جوان ہو چکی ہو گی کیونکہ وہ چار سال بعد دوبارہ یہاں آیا تھا۔ شہزادہ اظفری کئی بار نظر آیا اور اب اس کی نظروں میں پہلے سے کہیں زیادہ نفرت اور جلاپا پایا جاتا تھا۔ مادھوجی سندھیا اس تاک میں تھا کہ کس طرح بادشاہ کے دل میں اس خطرناک روہیلہ نوجوان کے خلاف نفرت کا بیج بو دیا جائے۔

غلام قادر شہزادی سرخوشی بیگم کی تلاش میں شاہی محلات میں سرگرداں رہا لیکن ایسا محسوس ہوتا تھا کہ شاید سرخوشی بیگم وہاں کہیں موجود ہی نہیں، غلام قادر کو رہنے کے لئے جو حصہ ملا تھا، وہ دیوان خاص کے صحن کے مغربی کنارے پر واقع تھا۔ اس حصے میں رہنے سے بادشاہ کو یہ سہولت حاصل رہتی تھی کہ غلام قادر زیادہ تر اس کی نظروں کے سامنے رہتا تھا۔ ایک دن بادشاہ دیوان خاص سے اٹھ کر تسبیح خانے میں چلا گیا، یہاں بادشاہ ان اوقات میں آیا کرتا تھا جب وہ بہت پریشان ہوتا تھا یا پھر تخلیے میں کسی سے ملنا مقصود ہوتا تھا۔ یہیں بادشاہ عبادت کرتا تھا۔ یہیں ایک دیوار پر سنگِ مرمر کی میزان بنی ہوئی ہے اور وہاں میزانِ عدل لکھا ہوا ہے، اس عبادت خانے میں میزانِ عدل بنانے کا یہ مقصد تھا کہ جب بادشاہ مصروفِ عبادت ہو تو یہ یاد رہے کہ وہ بادشاہ ہے اور عدل کے تقاضوں کو پورا کرنے کے لئے یہ ضروری ہے کہ اس کی نظر میں غریب امیر برابر ہوں۔ بادشاہ نے غلام

قادر کو تسبیح خانے میں طلب کیا۔

جب غلام قادر اندر داخل ہوا۔ بادشاہ کو کچھ پریشان پریشان سا محسوس کیا۔ بادشاہ نے اسے دیکھتے ہی کہا۔ "غلام قادر! ہمارے وزیر نجف خان نے تمہارے والد ضابطہ خان سے یہ وعدہ کیا ہے کہ اگر ضابطہ خان تمہاری بہن کو اس سے منسوب کر دے تو وہ ضابطہ خان کو اس کی جاگیر بحال کر دے گا۔ اس کے ساتھ ہی تمہارے قیدی اہل خاندان بھی رہا کر دیے جائیں گے!"

غلام قادر نے بے چینی سے پوچھا۔ "جاگیر کی بحالی اور قیدیوں کی رہائی کی شرط حضورِ والا نے لگائی ہے یا وزیر نجف خان کی طرف سے پیش کی گئی ہے؟"

بادشاہ نے افسردگی سے کہا۔ "فرزندِ من! ہم بادشاہ ضرور ہیں لیکن معاملاتِ صلح و جنگ میں ہم سے کچھ بھی نہیں پوچھا جاتا بلکہ مرہٹے اور وزیر اعظم اپنی من مانی شرائط طے کر کے ہم سے ان کی توثیق کرا لیتے ہیں!"

غلام قادر نے کہا۔ "لیکن بادشاہ جان اتنا شرمناک معاہدہ کس طرح کر سکتے ہیں، وہ میری بہن کا ہاتھ غیر کفو میں کس طرح دے سکتے ہیں؟"

بادشاہ نے کچھ سوچتے ہوئے کہا۔ "فرزندِ من! ہم بادشاہ نہیں، قیدی ہیں، سازشی طاقتوں نے ہمیں قلعۂ معلیٰ میں ایک بت کی طرح سجا رکھا ہے، وہ ہماری عزت و تکریم میں کوئی کسر نہیں اٹھا رکھتے لیکن خود غرض پجاریوں کی طرح یہ اپنے ذاتی مفاد میں ہماری حیثیت بالکل نظر انداز کر جاتے ہیں اور ہم پتھر کے بت کی طرح بے بس ان کا کچھ بھی نہیں بگاڑ سکتے!"

غلام قادر نے پوچھا۔ "قبلۂ عالم کہنا کیا چاہتے ہیں؟"

بادشاہ نے کہا۔ "نجف خان کے معاہدے کے مطابق تمہیں یہاں سے چلا جانا پڑے گا لیکن ہم چاہتے ہیں کہ تم ابھی یہیں رہو۔"

"حضورِ والا بادشاہ ہیں اور بادشاہوں کو یہ زیب نہیں دیتا کہ وہ معمولی خواہشات پر مذندہ رہیں!"

بادشاہ سجدے میں گر کر گڑگڑانے لگا، وہ معلوم نہیں خدا سے کیا دعا مانگ رہا تھا غلام قادر کھڑا حیرت سے بادشاہ کو دیکھتا رہا۔ ہندوستان کا حکمران اور تیموری تاج و تخت کا مالک اپنے ملازمین سے کتنا خوف زدہ تھا!

اچانک بادشاہ کی آواز صاف سنائی دینے لگی، وہ خدا سے گریہ وزاری کرتے ہوئے

کہہ رہا تھا۔" وہ ہمارے خزانے کے بھوکے ہیں، وہ چاہتے ہیں کہ کسی طرح ہمارا خزانہ ہتھیا لیں، خدایا اس کی حفاظت فرما۔"

کافی دیر بعد بادشاہ نے سجدے سے سر اٹھایا۔ کہا۔" مرہٹے اور نجف خان ہمیشہ اس تاک میں رہتے ہیں کہ کسی نہ کسی طرح ہمارے خزانے تک پہنچ جائیں، کبھی یہ کہتے ہیں کہ سپاہیوں کو تنخواہیں دینی ہیں اور کبھی کہتے ہیں کہ فوج کو ہتھیاروں کی ضرورت ہے غرضیکہ ان کا یہ منشا ہے کہ ہم انہیں اپنے خزانے تک پہنچا دیں لیکن ایسا نہیں ہو سکتا!"

غلام قادر نے کہا۔" لیکن قبلۂ عالم! فوج اور ہتھیاروں پر خزانے کا منہ کھولنا ہی پڑے گا، آخر یہ خرچ کس طرح پورا کیا جائے گا؟"

بادشاہ نے تڑپ کر غلام قادر کو دیکھا۔" تم بھی انہی کے ہم نوا ہو؟ آخر ہماری رعایا کس دن کام آئے گی، فوج اور ہتھیاروں کے لئے رعایا کا در دیکھو، آخر ہم بھی تو ان کی حفاظت کرتے ہیں، فوج اور ہتھیاروں کی ضرورت اسی لئے تو پیش آتی ہے کہ اس سے رعایا میں امن وامان قائم کیا جائے اور ان کی جان ومال محفوظ رہے!"

غلام قادر نے عرض کیا۔" اگر حضور والا نے واقعی ان لوگوں کا منہ اپنی رعایا کی طرف پھیر دیا تو یہ ظالم رعایا کو ادھیڑ کر رکھ دیں گے!"

بادشاہ نے کہا۔" وہ کچھ بھی کریں لیکن ہمیں پریشان نہ کریں!"

ایک کنیز نے بادشاہ کو مطلع کیا۔" بیگمات بارگاہِ عالی میں حاضری کی خواستگار ہیں!"

بادشاہ نے غلام قادر کو محبت آمیز نظروں سے دیکھا اور مسکرا کر کنیز کو جواب دیا۔" انہیں حاضر کیا جائے، یہ غلام قادر ہمارا فرزندِ خاص ہے، اس سے کوئی پردہ نہیں!"

تھوڑی دیر بعد کنیز بیگمات شاہی کے ساتھ واپس آئی۔ لیکن وہ غلام قادر کو دیکھ کر جھجکیں۔

بادشاہ نے کہا۔" جھجکو مت، یہ ہمارا فرزندِ خاص غلام قادر ہے، ضابطہ خان کا لڑکا!"

ان میں ایک خاتون نے اضطراب سے غلام قادر کو بے اختیارانہ دیکھا، اس وحشت اور بے چینی کو غلام قادر نے بھی محسوس کیا۔ جب دونوں کی نظریں ملیں تو گویا غلام قادر کو گوہرِ مقصود مل گیا۔ مہر خوشی بیگم شرم وحیا سے اپنی ماں کی آغوش میں دبک گئی۔

بادشاہ نے کہا۔"سرخوشی بیگم! اِدھر آؤ ہمارے قریب، شرماؤ نہیں، یہ وہی غلام قادر ہے جو کئی سال پہلے بھی یہاں رہ چکا ہے، کیا تم اسے بھول گئیں؟"

غلام قادر نے بادشاہ سے باہر جانے کی اجازت طلب کی جو فوراً ہی دے دی گئی۔

اس وقت غلام قادر سخت ہیجانی کیفیت میں مبتلا تھا۔ نجف خان سے بہن کے رشتے کی شرط کا اندوہناک علم اور سرخوشی بیگم سے اچانک لمحاتی ملاقات کا حادثہ، اس کے دل و دماغ دو مختلف النوع سمتوں میں سوچ رہے تھے، ایک حریص اور کنجوس بادشاہ جو تاج و تخت کے بجائے اپنے خزانے کے تحفظ کی دعائیں مانگ رہا تھا۔ جس نے اپنی غیر انسانی خواہش اور ہوس کی ابیاری سے فرزندِ خاص بنا لیا تھا اور محلاتِ شاہی میں آزادانہ رہنے کی اجازت دے دی تھی، وہ معلوم نہیں کیا کیا سوچتا رہا اور اس سوچ نے اس کے سر میں درد پیدا کر دیا۔

غلام قادر کو سرخوشی بیگم کا ایک خط موصول ہوا۔ اس میں شہزادی نے بند بند لفظوں میں یہ شکایت کی تھی کہ غلام قادر نے اسے بھلا دیا ہے اور وہ ابھی تک اس کے نام کی مالا جپ رہی ہے، اس نے غلام قادر پر یہ احسان بھی جتایا تھا کہ شاہی خاندان کے کئی نوجوان اس کی محبت کے بھوکے ہیں لیکن اس نے غلام قادر پر کسی ایک کو بھی ترجیح نہیں دی۔ خط کی آخری سطروں میں ملاقات کی خواہش کی گئی تھی اور پوچھا تھا کہ کیا غلام قادر اب بھی اس سے ملنا گوارا کرے گا؟

جو عورت یہ خط لے کر آئی تھی، اس نے غلام قادر سے کہا۔"براہ کرم یہ خط پڑھ کر جلا دیجئے کیونکہ شہزادی کی یہی ہدایت ہے!"

غلام قادر نے پوچھا۔"میں خط کا تحریری جواب نہیں دینا چاہتا۔ بتایئے میں خط کا جواب کس طرح دوں؟"

عورت نے کہا۔"زبانی کہہ دیجئے، میں عرض کر دوں گی!"

غلام قادر نے شہزادی کا خط عورت کے سامنے ہی نذرِ آتش کر دیا۔ بولا"کیا شہزادی صاحبہ مجھ ناچیز سے واقعی ملنا چاہتی ہیں؟"

عورت نے دل جلے انداز میں جواب دیا۔"ہاں کہتی تو یہی ہیں لیکن دل کا حال اللہ ہی جانے!"

غلام قادر نے پوچھا۔"کیا مطلب؟ میں سمجھا نہیں!"

عورت نے جواب دیا۔"وہ ٹھہریں شہزادی، جو خوب صورت نظر آتا ہے، اس پر عاشق ہو جاتی ہیں، شاہی خاندان کے کتنے ہی نوجوانوں سے لگاوٹ کی باتیں کرتی رہتی ہیں، میرے ذمے انہوں نے یہی خدمت کر رکھی ہے کہ ان کے عاشقوں کو خطوط پہنچاتی رہوں اور عاشقوں کے جواب شہزادی کے گوش گزار کر دوں!"

غلام قادر کو اپنے کانوں پر یقین نہیں آیا۔ اس نے کراہت سے پوچھا۔"کیا تم یہ سچ کہہ رہی ہو؟"

عورت غلام قادر کو ہنس ہنس کے للچائی نظروں سے دیکھ رہی تھی، بولی۔"میں جھوٹ کیوں بولنے لگی!"

غلام قادر کچھ کچھ عورت کی باتیں سمجھ گیا تھا، بولا۔"بہر حال تم اپنی شہزادی سے کہہ دینا وہ جب اور جہاں کہیں گی، میں ان کی ملاقات کو حاضر ہو جاؤں گا!"

عورت نے ذرا دل برداشتہ ہو کر کہا۔"اے نوج یہ بھی کوئی محبت ہے کہ عشق کرو تو اپنی مرضی سے ہل جل بھی نہ سکو، یہ شہزادے، شہزادیاں عشق کرنا کیا جانیں کہ ان کے چاروں طرف تو آداب و رسوم کی دیواریں کھڑی رہتی ہیں، عشق اور محبت تو ہم غریبوں کے بس کی بات ہے کہ اپنی مرضی کے مالک ہیں، جب اور جس سے چاہیں بلا روک ٹوک مل لیں، غریب کی عزت و آبرو ہی کہاں ہوتی ہے کہ اس کے لٹ چھن جانے کا دھڑکا لگا ہو!"

غلام قادر نے کہا۔"تم اپنی شہزادی کے جواب سے مجھے مطلع ضرور کر دینا!"

عورت نے بے دلی سے کہا۔"اگر انہوں نے جواب دیا تو، ورنہ میں اپنی طرف سے تو جواب لانے سے رہی!"

غلام قادر نے عورت کی نیت کو خوب اچھی طرح بھانپ لیا تھا۔ بولا۔"تمہاری باتیں ایسی نہیں ہیں کہ انہیں با آسانی نظر انداز کر دیا جائے، خود میرا بھی یہی خیال ہے کہ میں ان شہزادیوں کے چکر میں نہ پڑوں، مجھے اپنی حیثیت کی لڑکی سے عشق کرنا چاہیے لیکن میں بھی کیا کروں، شہزادی خود مجھ پر ملتفت ہوئی ہے، اب اگر انکار کرتا ہوں تو ڈرتا ہوں کہ کوئی مصیبت نہ کھڑی کر دی جائے اور اگر محبت کا جواب محبت سے دیتا ہوں تو حاسد اور رقیب شہزادوں سے نقصان پہنچ جانے کا ڈر لگ جاتا ہے، سمجھ میں نہیں آتا کہ کیا کروں؟"

عورت نے دال گلتی دیکھی تو انداز محبوبی سے مسکرا کر مشورہ دیا۔"اگر آپ میری

بات مانیں تو میں یہ مشورہ دوں گی کہ یہاں کسی سے عشق محبت کرنے کی کوئی ضرورت نہیں، نہایت احتیاط سے کام نکالیئے اور بھول جائیے۔ محل کی کتنی ہی شہزادیاں ایسی ہیں جو آپ سے ملنا چاہتی ہیں، وہ اس سلسلے میں خلعت انعام و اکرام کا لالچ بھی دیتی رہتی ہیں لیکن بندی کسی کی باتوں میں نہیں آتی کیونکہ میں تو انہیں کسی نہ کسی طرح آپ سے ملا دوں، اس کے بعد اگر کوئی گل کھلے تو میں خواہ مخواہ کھنچی کھنچی پھروں اور سولی پر لٹکا دی جاؤں!"

غلام قادر اس تیز طرار عورت کی چرب زبانی کا قائل ہو گیا۔ بولا "تو پھر شہزادی سرخوشی بیگم سے کب ملاقات کرا رہی ہو؟"

عورت نے جواب دیا۔ "شاید کل ہی لیکن اس کا ہمیں کیا انعام ملے گا؟"

"انعام شہزادی صاحبہ دیں گی۔ میرے پاس کیا ہے جو تمہیں انعام میں دوں گا!"

عورت نے ترچھی نظروں سے غلام قادر کو دیکھا۔ بولی۔ "آپ کے پاس بہت کچھ ہے اگر آپ دینا چاہیں گے تو میں اس کی نشان دہی بھی کر دوں گی!"

غلام قادر نے پوچھا۔ "یعنی، یعنی وہ کیا؟ تم کس چیز کی طرف اشارہ کر رہی ہو؟"

عورت نے کہا۔ "شہزادی کے پاس کیا کچھ نہیں ہے سبھی کچھ اللہ کا دیا موجود ہے لیکن جو ایک چیز اسے میسر نہیں ہے، شہزادی وہ تم سے طلب کر رہی ہے!" پھر فدا حجاب سے کہا۔ "اور وہی چیز میں بھی طلب کروں گی!"

غلام قادر بھونچکا ہو کر عورت کی صورت دیکھتا رہ گیا۔

عورت جاتے جاتے کہتی گئی۔ "شہزادی سے ملاقات کرا دینا میرا کام ہے اور اگر زیادہ مزے لینا چاہو گے تو میں بعض دوسری شہزادیوں سے بھی ملا دوں گی لیکن اس کے صلے میں تمہیں مجھے بھی خوش کرنا پڑے گا۔ آخر میرے سینے میں بھی تو دل ہے، اور اس دل میں بھی عشق کی آگ موجود ہے، اس آگ کو بجھایئے گا تو یہ کنیز آپ کے بہت کام آئے گی!"

عورت نے حسب وعدہ دوسرے دن رات کی تاریکی میں سرخوشی بیگم کو غلام قادر کے روبرو لا کھڑا کیا لیکن بات چیت سے پہلے وہ غلام قادر کو ایک طرف لے گئی اور سرگوشی میں اسے سمجھاتے ہوئے کہا۔ "جناب! کل جو باتیں ہوئی تھیں ان کا ذکر شہزادی سے ہرگز نہ کیجئے گا۔ کسی ایک بات کا بھی نہیں، ورنہ اس کے تمام تر نتائج کی

ذمے داری آپ پر ہوگی!"

اس کے بعد عورت وہاں سے چلی گئی۔ سرخوشی بیگم تھوڑی دیر شرمسار اور نادم نادم سی گڑیا بنی کھڑی رہی، غلام قادر اس شرم و حیا کی پوٹلی کو کچھ دیر کھڑا دیکھتا رہا۔ پھر آہستہ سے کہا۔ "تشریف رکھیے!"

سرخوشی بیگم مسہری کے پائنتی بیٹھ گئی۔ غلام قادر نے پوچھا۔ "آپ کو میری یاد کس طرح آگئی؟"

شہزادی نے بے چینی سے چہرہ اوپر اٹھایا اور پھر اسی پھرتی سے جھکا بھی لیا۔ آہستہ سے بولی۔ "ہم کبھی بھی آپ کو نہیں بھولے، یہ تو آپ ہیں کہ وطن جا کے کبھی یاد بھی نہیں کیا!"

"کیا آپ واقعی مجھ سے محبت کرتی ہیں؟"

"اب بھی آپ کو شبہ ہے؟"

"نہیں یہ بات نہیں۔" غلام قادر نے مایوسی سے کہا۔ "کبھی کبھی جب میں یہ سوچتا ہوں کہ آپ ٹھہریں شہزادی، میں ایک جاگیردار کا قیدی بیٹا۔ آپ شاہی محلات میں رہتی ہیں، جہاں ایک سے ایک اعلا نسب اور خوب صورت نوجوان موجود ہے، ہم دونوں نے ایک دوسرے کو تقریباً چار سال قبل دیکھا تھا۔ پھر جدا ہوگئے۔ کیا اس طویل عرصے میں شاہی محلات کے کسی ایک نوجوان نے بھی آپ کو متاثر نہیں کیا؟"

شہزادی نے گھبرا کر وحشت سے کہا۔ "یہ آپ کس قسم کی باتیں کر رہے ہیں؟"

غلام قادر نے جواب دیا۔ "میں اتنا سادہ لوح نہیں ہوں شہزادی کہ کچھ سمجھ ہی نہ سکوں، آپ کے دل بہلانے کو یہاں کئی شاہی گھرانوں کے نوجوان موجود ہیں اور میں یہ بھی جانتا ہوں کہ آپ ان میں سے کئی کو پسند بھی فرماتی ہیں پھر آپ مجھے کیوں آزمائش میں ڈالنا چاہتی ہیں؟"

شہزادی تڑپ کر کھڑی ہوگئی، روہانسی ہو کر بولی۔ "یہ آپ تہمتیں کیوں لگا رہے ہیں ہماری ذات پر؟ یہی صلہ ہے ہماری محبت کا؟ خدا بہتر جانتا ہے کہ یہ ہم پر سراسر بہتان ہے!!"

غلام قادر نے دکھ سے کہا۔ "شہزادی! خدا گواہ ہے کہ میں آج تک آپ کو بھلا نہیں سکا ہوں لیکن جب مجھے یہ معلوم ہوا کہ آپ میری ہی طرح کئی دوسرے نوجوانوں سے بھی ربط ضبط رکھتی ہیں تو میرا دل ٹوٹ گیا اور مجھے چاروں طرف سے

مایوسیوں نے گھیر لیا ہے !"

"آپ کو یہ غلط فہمی ہوئی کس طرح ؟"

غلام قادر نے سب کچھ سچ سچ بتا دیا' شہزادی چراغ پا ہو کر بولی۔" ہم اس کنیا سے سمجھ لیں گے اس نے ہم پر ایسی ایسی تہمتیں باندھی ہیں، خدا کی پناہ !"

غلام قادر نے کہا۔" نہیں، کہیں ایسا غضب بھی نہ کیجئے گا' یہ عورت ہم دونوں کی راز دار ہے، اگر ہم نے کسی طرح اس عورت کا اعتماد کھو دیا اور اس کے دل میں اپنے لئے بغض عناد پیدا کر دیا تو ایک بڑی مصیبت اٹھ کھڑی ہوگی !"

شہزادی نے کہا۔" ٹھیک ہے لیکن اس کا علاج یہ نہیں ہے جو آپ بتا رہے ہیں' مصیبت کا مقابلہ مصیبت ہی سے کیا جاتا ہے۔ آپ نے ہمیں ہرجائی سمجھا' غیروں کی بات کا یقین کیا' آپ کے سارے فیصلے یک طرفہ ہیں !"

شہزادی واپسی کے لئے کھڑی ہوگئی' بولی۔" ہم اس وقت تک آپ سے نہیں ملیں گے جب تک ہم پر لگاتے ہوئے اتہام کو جھوٹ اور غلط نہ ثابت کر دیا جائے گا۔ ہمیں آپ کے قریب کھڑے ہوتے ہوئے بھی شرم محسوس ہوتی ہے !"

غلام قادر نے کہا۔" آپ گھبرا کیوں گئیں آپ بیٹھیں تو، ابھی باتیں ہوئیں کہاں ؟"

شہزادی واپس جانے ہی کو تھی کہ عورت گھبرائی ہوئی اندر داخل ہوئی بولی "صاحب غضب ہوگیا۔ ابھی ابھی پتہ چلا ہے کہ شہزادہ اظفری اس طرف آرہے ہیں ؟" پھر تقریباً روتی ہوئی بولی۔" اگر آپ دونوں یہاں پکڑے گئے تو ہو سکتا ہے کہ آپ کا کچھ بھی نہ بگڑے لیکن مجھے تو سولی پر چڑھا دیا جائے گا !"

شہزادی بھی گھبرا گئی اور غلام قادر بڑھ کر دروازے پر کھڑا ہو گیا عورت سے بولا۔" تم شہزادی کے پاس جاؤ" اگر شہزادہ اظفری یہاں آئے گا تو وہ اتنی آسانی سے اندر نہیں داخل ہو سکے گا !"

عورت فوراً شہزادی کے پاس چلی گئی۔ دونوں خوف زدہ اور سہمی سہمی ایک دوسرے کو سوالیہ نظروں سے دیکھ رہی تھیں، جب کافی وقت گزر جانے کے بعد بھی اظفری نہیں آیا تو شہزادی نے عورت سے دریافت کیا" تجھے شہزادے کی آمد کی خبر کس نے دی تھی ؟"

عورت نے جواب دیا۔" میں نے خود اپنی آنکھوں سے اپنی طرف آتے ہوئے دیکھا تھا !"

شہزادی نے کہا۔ "تمہیں وہم ہوا ہوگا؟"

"ہو سکتا ہے!" عورت نے جواب دیا۔ وہ اس وقت کسی سوچ میں ڈوبی ہوئی تھی۔ غلام قادر ابھی تک دروازے ہی پر کھڑا تھا۔ شہزادی نے عورت سے پوچھا۔ "سچ بتا تو نے غلام قادر سے کیا کچھ کہہ سن دیا ہے؟"

عورت پہلے ہی سے ڈری ہوئی تھی، بولی۔ "اگر میں نے واقعی کچھ کہا سنا ہے تو اس کی معافی چاہتی ہوں، ورنہ حقیقت یہ ہے کہ میں نے اس شکی نوجوان سے کچھ بھی نہیں کہا سنا' اگر اس نے میری کوئی شکایت کی ہے تو غلط کی ہے؟"

شہزادی نے نفرت سے کہا۔ "ہم تم سے محل سرا میں واپس پہنچ کر پوچھ گچھ کریں گے!"

غلام قادر نے واپس آ کر کہا۔ "مجھے تو شہزادے کی پرچھائیں تک کہیں نہیں نظر آئی" خدا جانے اس میں کیا بھید ہے؟"

فضا مکدر ہو چکی تھی، ہر شخص شک اور شبہ اور اندیشے کا شکار تھا۔ غلام قادر کو محل سرا کے ناظر اور ان مسلح ترک عورتوں کا ڈر لگا ہوا تھا جو محلاتِ شاہی کے گرد خوں خوار درندوں کی طرح بو سونگھتی پھرتی تھیں، شہزادی کو اپنے بھائی شہزادے اظفری کا دھڑکا لگ گیا تھا۔ عورت اپنی مخصمانہ بات چیت کے انکشاف سے ڈر رہی تھی۔

عورت نے کہا۔ "شہزادی صاحبہ! اگر آپ اس ناچیز کی بات مانیں تو یہ عرض کروں گی کہ اس وقت واپس چلیے، معلوم نہیں کیوں میرا دل بیٹھا جا رہا ہے!"

شہزادی نے حسرت زدہ انداز میں غلام قادر کو دیکھا اور عورت سے کہا "چلو واپس چلتے ہیں!" پھر غلام قادر سے کہا۔ "ہم عنقریب دوبارہ ملیں گے اور جی بھر کے باتیں کریں گے!"

غلام قادر نے مردہ سی آواز میں کہا۔ "اچھا' میں انتظار کروں گا!"

جب یہ دونوں واپس جا رہی تھیں تو شہزادے اظفری نے ان دونوں کو واقعی پکڑ لیا۔ شہزادی گھبرا گئی اور عورت کی گھگھی بندھ گئی۔ شہزادے سے ملاقات کے بعد دو مسلح ترک عورتوں نے انہیں اپنے بیچ میں لے لیا' اور کرخت لہجے میں سوال کیا۔ "تم لوگ کون ہو اور یہاں کیا کر رہے ہو؟"

عورت نے گھبرا کر جواب دیا۔ "یہ شہزادی مرخوشی بیگم اور شہزادے اظفری ہیں!"

ایک ترک عورت نے مشتبہ شریر لہجے میں سوال کیا۔" آپ کہاں سے تشریف لا رہے ہیں؟"

شہزادی نے اپنی انگلی سے نہایت قیمتی انگوٹھی اتار کر اس ترک خاتون کے حوالے کر دی، بولی۔" ہمیں چلا جانے دو!"

لمحے بھر کے تامل کے بعد انہیں رہائی مل گئی لیکن دوسرے دن علی الصباح بادشاہ کے کانوں میں ایک عجیب سنسنی خیز خبر پہنچ چکی تھی، اس خبر کی تصدیق کے لیے شہزادے اظفری کو طلب کیا گیا۔

بادشاہ نے پرشکن پیشانی اوپر اٹھائی اور شہزادے سے سوال کیا" رات کیا واقعہ پیش آیا، اسے تفصیل سے بیان کرو!"

شہزادے کو غلام قادر کے خلاف زبان کھولنے کا بہترین موقع ہاتھ آیا تھا، اس نے اٹک اٹک کر جواب دیا۔

" قبلۂ عالم! معلوم نہیں کس طرح غلام قادر سرخوشی بیگم سے ملاقات کرنے میں کامیاب ہو گیا، جہاں تک اس ناچیز کا قیاس کہتا ہے ملاقات اس عورت کی مساعی سے ہوئی تھی جو سرخوشی بیگم کی خدمت گزاری پر متعین ہے!" اس کے بعد شہزادے نے ذرا تامل سے رک رک کر کہا۔" کان گناہگار ہیں، آنکھوں نے کچھ بھی نہیں دیکھا۔ اس ناچیز نے یہ سنا ہے کہ غلام قادر کے شاہی خاندان کی متعدد شہزادیوں سے ناگفتنی تعلقات قائم ہیں اور وہ عورت جس نے شہزادی کو اس نمک حرام اور دشمن عزت و ناموس سے ملایا، خود بھی اس سے متمتع ہوتی رہی ہے اور شاید اس ہوس اور ان نفسانی خواہشات ہی نے اسے اس ذلیل کام پر آمادہ کیا اور وہ نمک حرامی اور شاہی ناموس فراموشی پر مجبور ہو گئی!"

بادشاہ نے ایک لمبی ہنکاری بھری، بولا۔" اچھا تم جاؤ!"

شہزادہ چلا گیا۔ شاہی خدمت گار نے فکرمند بادشاہ کو مطلع کیا۔" مادھوجی سندھیا اذن باریابی کا امیدوار ہے!"

بادشاہ نے کمزور آواز میں جواب دیا۔" حاضر کرو!"

سامنے سرخ پردے کے پیچھے سے سندھیا کورنش اور تسلیمات بجا لایا اور بادشاہ کے سامنے آ کھڑا ہوا۔ سندھیا کچھ دیر تک فکرمند بادشاہ کے چہرے پر پھیلی ہوئی مایوسی اور کرب کو محسوس کرتا رہا۔ پھر سوال کیا۔" کیا یہ ناچیز پوچھ سکتا ہے کہ بادشاہ کی پیشانی پر

چند زائد شکنیں کیوں نمودار ہو گئی ہیں اور حضورِ والا کا چہرہ معمولات سے زیادہ فکرمند اور اداس کیوں ہے؟"

بادشاہ نے آزردگی سے جواب دیا۔ "خود کردہ را علاجے نیست، ہم نے سانپ کے بِل پر اپنی ہتھیلی رکھ دی تھی اب سانپ نے ڈس لیا ہے تو اپنی غلطی اور حماقت کا اعتراف کرتے ہوئے شرمارہے ہیں!"

سندھیا نے کہا۔ "حضورِ والا! صاف صاف ارشاد فرمائیں تو یہ نمک خوار کوئی صائب مشورہ بھی دے!"

بادشاہ نے نہایت افسوس سے کہا۔ "غلام قادر کا باپ جن افعالِ قبیحہ کا مرتکب اور متہم قرار پایا تھا۔ اب انہی افعال کا ارتکاب غلام قادر سے بھی ظہور میں آ رہا ہے!"

سندھیا سب کچھ سمجھ گیا، بولا۔ "اب اگر یہ ناچیز کوئی مشورہ دے گا تو سننے والے یہی کہیں گے کہ میں نجیب خان سے چڑتا تھا اس لیے اس کے پوتے کے خلاف ایسا مشورہ دیا ورنہ میں تو یہ جانتا ہوں کہ غلام قادر کا مردانہ وجاہت اور اپنے بے پناہ حسن کے ساتھ آزادانہ محلات میں رہنا نہایت خطرناک بات ہے حضورِ والا نے اسے فرزندِ خاص قرار دیا ہے اس لئے غلام قادر کے معاملے میں کوئی تکلیف دہ لیکن پرخلوص رائے دیتے ہوئے گھبراتا ہوں!"

بادشاہ نے کہا۔ "نہیں نہیں، تمہیں جو کچھ کہنا ہے صاف صاف کہہ دو ہم سنیں گے!"

سندھیا نے مشورہ دیا۔ "غلام قادر کی مردانہ قوت سلب کر لی جائے بس یہی ایک آسان طریقہ ہے جس سے شاہی خواتین کی عزت و ناموس کا تحفظ کیا جا سکتا ہے!"

سندھیا تو یہ مشورہ دے کر چلا گیا لیکن بادشاہ سوچ میں پڑ گیا۔

رات کو عشا کے بعد بادشاہ نے غلام قادر کو اپنی خواب گاہ میں طلب کیا اور اس سے دیر تک ہنس ہنس کے باتیں کرتا رہا۔ آج وہ غلام قادر پر ضرورت سے زیادہ مہربان تھا۔ اس نے غلام قادر کو اپنے قریب بٹھالیا اور کہا۔ "فرزندِ من! آخر یہ بات کیا ہے کہ محلاتِ شاہی کے لوگ تم سے حد درجہ حسد رکھتے ہیں چنانچہ آج تو حد ہو گئی۔ شہزادہ اظفری نے اپنی پھوپھی کے ذریعے ہمیں ایک عریضہ بھیجا ہے، اسے تم خود ملاحظہ کر لو۔"

بادشاہ نے وہ عریضہ تکیے کے نیچے سے نکال کر غلام قادر کے ہاتھوں میں دے دیا۔ اس میں شہزادہ اظفری نے غلام قادر کی بڑی شکایتیں لکھی تھیں اور بادشاہ کو یہ یقین دلانے کی کوشش کی گئی تھی کہ "غلام قادر نمک حرام انسان ہے اور وہ بادشاہ کے خلاف فتنہ و فساد پھیلانے کے منصوبے بنا رہا ہے۔" اور اشاروں کنایوں میں یہ بھی جتایا گیا تھا کہ "بادشاہ کی آنکھوں پر غفلت کے پردے پڑ گئے ہیں، اگر بادشاہ نے یہ پردے دور نہ کیے تو انہیں غلام قادر کے ہاتھوں سخت مصیبتیں اٹھانا پڑیں گی!"

غلام قادر جب یہ عریضہ پڑھ چکا تو بادشاہ نے اسے واپس لے لیا اور غلام قادر سے کہا۔ "تم جانتے ہو کہ ہم نے شہزادے کی پھوپھی کو اس عریضے کا کیا جواب دیا ہے، ہم نے ان سے کہہ دیا ہے کہ ہم آج تک یہ نہیں سمجھ سکے کہ اس غریب سے آخر لوگ عداوت کیوں رکھتے ہیں؟ ہم نے بڑی بی سے یہ بھی کہہ دیا ہے کہ تم شہزادے اظفری اور دوسرے شہزادوں اور غلام قادر کے بدخواہوں سے صاف صاف کہہ دو کہ تم سب ابھی بچے ہو، تمہیں نہیں معلوم کہ غلام قادر ہمارا خانہ زاد اور نمک پروردہ ہے یہ کس طرح ممکن ہے کہ اس سے ہمیں کوئی گزند پہنچے۔" پھر غلام قادر سے پوچھا۔ "لوگ شکایتاً یہ بھی کہتے ہیں کہ تم شاہی محلات کی متعدد خواتین سے ملتے رہتے ہو اور سرخوشی بیگم تمہاری خصوصی توجہ میں رہتی ہے!"

غلام قادر جھوٹ نہیں بول سکا، جواب دیا۔ "شاہی محلات کی متعدد خواتین سے ملتے رہنے کی تو بات غلط ہے لیکن سرخوشی بیگم والی بات درست ہے!" پھر قدرے شرما کر کہا۔ "اور یہ بات تو حضور والا پر بھی ظاہر ہے کہ میں اسے بچپن سے پسند کر رہا ہوں، یہ الگ بات ہے کہ میں خود کو اس کے شایانِ شان نہ سمجھوں!"

بادشاہ نے کینہ توز نظروں سے غلام قادر کو دیکھا اور اس کی پیشانی کی شکنوں میں چند کا اضافہ ہو گیا۔ نہایت محبت سے کہا۔ "فرزندِ من! ہم تمہاری سچائی اور صاف گوئی سے بہت خوش ہوئے اور اس خوشی میں ہم تمہیں اپنے ساتھ مشروب نوشی کا شرف بخشیں گے!"

بادشاہ نے اپنے ہاتھ سے غلام قادر کو چند پیالے پیش کیے جنہیں وہ تکلف اور لحاظ کا خیال رکھتے ہوئے چڑھا گیا اور تھوڑی ہی دیر بعد اسے اپنے گرد و پیش کی ہر شے گھومتی ہوئی نظر آنے لگی، اس کے اعصاب جواب دینے لگے اور ہوش و حواس نے اس کا ساتھ چھوڑ دیا۔

صبح جب اسے ہوش آیا تو اس کا جسم بری طرح درد کر رہا تھا جیسے جیسے ہوش آتا گیا غلام قادر کو ناف کے نیچے سوزش سی محسوس ہوتی رہی اور کافی دیر بعد اسے اس حقیقت کا علم ہوا کہ بادشاہ کی رات والی مہربانی کیوں تھی اور اس نے غلام قادر کو نشہ آور چیز پلا کر بے ہوش کیوں کیا تھا؟

اس کی قوتِ مردمی چھینی جا چکی تھی، اب وہ شاہی خواتین کے لئے ایک بے ضرر انسان تھا۔ اس انکشاف نے غلام قادر کے ذہنی توازن کو تباہ کر دیا۔ اس کے سوچنے سمجھنے کی طاقت گویا سلب ہو چکی تھی، اسے بادشاہ پر رہ رہ کر غصہ آ رہا تھا، اس وقت اگر غلام قادر کا بس چلتا تو وہ شاہِ عالم کی تکہ بوٹی کر کے چیل کوؤں کو کھلا دیتا۔

اب اسے محل کی فضا بری طرح کاٹ رہی تھی، سرخوشی بیگم کے کئی پیغام ملے کہ وہ غلام قادر سے ملنا چاہتی ہے لیکن یہاں کیا تھا کہ سرخوشی بیگم سے پینگیں بڑھاتا۔ سرخوشی بیگم کی خدمت گار کنیز کو بھی غلام قادر نے ناخوش کر دیا تھا کیونکہ وہ اس کنویں سے ابھی تک سیراب نہ ہو سکی تھی، وہ گھنٹوں بستر میں پڑا منہ چھپائے روتا رہتا، شاہ عالم ثانی نے اس پر یہ جو سب سے بڑا ظلم کیا تھا، اس کی کسی طرح تلافی بھی نہ ہو سکتی تھی۔

سرخوشی بیگم کے بے حد اصرار پر غلام قادر نے ملاقات کر لی لیکن اس ملاقات میں وہ تڑپ، پہلے جیسا اشتیاق اور بے چینی نہیں پائی جاتی تھی۔ شہزادی کہتی کچھ تھی اور اسے جواب کچھ ملتا تھا۔ شہزادی کی خدمت گار عورت نے بھی گھما پھرا کے مدعائے دلی عرض کیا لیکن اس کا جواب بھی سرد مہری سے دیا گیا۔

آخر دونوں اکتا کر واپس چلی گئیں، جاتے وقت غلام قادر نے شہزادی سے کہا تھا۔

"سرخوشی بیگم! آپ کچھ محسوس نہ کیجئے گا۔ میں کسی نہ کسی طرح اپنے وطن واپس جانا چاہتا ہوں اس لئے ذرا پریشان رہتا ہوں، میں آپ سے ایک تفصیلی ملاقات ضرور کروں گا لیکن یہ ملاقات کب اور کہاں ہوگی، خود مجھے بھی نہیں معلوم!"

شہزادی رو دھو کر چلی گئی تھی، اس نے غلام قادر کے وعدے کا یہ مطلب لیا تھا کہ اس نے یہ وعدہ محض ٹالنے کے لئے کیا ہے۔

غلام قادر قلعے سے نکل کر جب غوث گڑھ پہنچا تو وہاں خاندان کے دوسرے اسیر بھی رہا ہو کر پہنچ چکے تھے، شرط کے مطابق اس کی بہن کی شادی نجف خان سے کی جا رہی تھی اور اس کی تیاریاں ہو رہی تھیں، غلام قادر اپنی ماں سے لڑ گیا، اس نے ماں سے پوچھا "اماں! کیا ہم سب اتنے بے غیرت ہو چکے ہیں کہ اپنی جاگیر کی بحالی کی خاطر اپنی بہن کو رشوت میں پیش کر دیں!"

ماں نے روتے ہوئے کہا۔ "یہ شرط تمہارے باپ نے منظور کی ہے، میں نہیں تمہارا باپ بے غیرت ہے، تم اسے سمجھاؤ کہ وہ ایسا نہ کرے!"

غلام قادر نے غصے میں کہا۔ "میں باپ کو نہیں سمجھاؤں گا۔ آپ سے مدد کا طالب ہوں! بہن کی نجف خان سے شادی نہیں ہوگی!"

"ہم اس شادی کو کس طرح ٹال سکتے ہیں، نجف خان امیر الامراء ہے، اگر ایسا نہیں کریں گے تو وہ ہمیں ہماری جاگیر سے بے دخل کر دے گا۔"

غلام قادر نے جوش میں کہا۔ "اگر یہ شادی ہوئی تو شادی کا یہ گھر ماتم کدہ بن جائے گا، میں اس شادی کے ذمے دار تمام افراد کو قتل کر دوں گا، خواہ وہ آپ ہوں، بہن ہوں یا والد صاحب ہوں، میں کسی کو بھی معاف نہ کروں گا!"

ماں سناٹے میں آگئیں اور عین اس وقت جب رسم شادی انجام پانے والی تھی، دونوں ماں بیٹے نے دلہن کو زہر پلا کر ہلاک کر دیا اور خاندانی شجرے میں، اس کے نام کے ساتھ توسین میں لکھ دیا گیا۔ "شہید ناموس!"

اگر کوئی ایسا آلہ ایجاد ہو چکا ہوتا جس سے روح کے زخم دیکھے جا سکتے تو غلام قادر کی روح بری طرح داغ دار نظر آتی۔ اس کا دل غموں سے فگار تھا اور سینہ صدمات سے چھلنی۔ اسی طرح غم سہتے سہتے ۱۷۸۵ء آگیا۔ نجف خان کا انتقال ہو چکا تھا۔ امیر الامرا کا منصب مادھو جی سندھیا ہتھیا چکا تھا۔ اسی سن میں ضابطہ خان بھی چل بسا اور غوث گڑھ کا قلعہ اور ضابطہ خان کے علاقے غلام قادر کے قبضے میں آ گئے۔ اب وہ آزاد تھا اور کوئی بھی بڑا اقدام اپنی مرضی اور تدبیر کے مطابق اٹھا سکتا تھا۔ اس نے سوچا کہ جس طرح بھی ممکن ہو، پہلے مادھو جی سندھیا کے اقتدار پر ایک بھرپور کاری ضرب لگائی جائے، جب ہندوؤں کا یہ بڑا بن ٹوٹ جائے اس وقت مغل بادشاہ کو قابو میں لے کر ایک شان دار حکومت کی بنیاد ڈالی جائے۔ اس حکومت کے سارے کلیدی عہدے مسلمانوں کو حاصل ہوں گے اور ہندوؤں کی عیارانہ اور مکارانہ سیاست سے حتی المقدور بچنے کی کوشش کی جائے گی۔

غلام قادر کی جاگیروں کا بیشتر حصہ مادھو جی سندھیا کے تصرف میں تھا۔ اس لئے غلام قادر کی تیز نظریں مادھو جی کی نقل و حرکت پر لگی ہوئی تھیں، وہ مادھو جی سندھیا کی تدبیروں اور کوششوں میں شگاف پڑنے کا منتظر تھا۔ اسے زیادہ انتظار نہیں کرنا پڑا۔ مادھو جی کو رقم کی ضرورت تھی اور اس کی حصول یابی کی خاطر وہ قرب و جوار کی ریاستوں پر چھاپے مارنے میں مصروف تھا۔ اس نے جے پور پر حملہ کیا تو راجپوتوں نے اسے ایسا منہ توڑ جواب دیا کہ مادھو جی کے اوسان خطا ہو گئے، غلام قادر نے مادھو جی کی اس شکست سے فائدہ اٹھایا اور ایک دوسرے تلوار کے دھنی اسماعیل بیگ کے تعاون اور ہمراہی میں مرہٹہ فوجوں کو شکست پر شکست دیتا ہوا دہلی میں داخل ہو گیا۔ دہلی میں موجود مرہٹہ جنرل تابِ مقابلہ نہ دیکھ کر فرار ہو گیا، بادشاہ کی فوج نے معمولی سی مزاحمت کی لیکن غلام قادر کی گولہ باری نے سب کے اوسان خطا کر دیے، بادشاہ نے قلعے کے ناظر منظور علی خان کے ذریعے غلام قادر سے مفاہمانہ بات چیت شروع کر دی، بادشاہ نے غلام قادر سے ملاقات کی اور اسے سینے

سے لگایا۔ غلام قادر نے کہا۔ "حضورِ والا! اب تک جو کچھ ہوتا رہا ہے اسے بھلا دیں کس نے کس پر ظلم کیا، میں دل کے نہاں خانے میں ڈالے دیتا ہوں، اور صرف اس بات کی خواہش کرتا ہوں کہ آپ مرہٹوں کے اثر و اقتدار سے پیچھا چھڑائیں، میں انہیں آپ کے تعاون سے مزید پار بھگا دینا چاہتا ہوں!"

بادشاہ نے کہا۔ "میرے بچے! ہم بھی یہی چاہتے ہیں!"

غلام قادر نے گرد و پیش کی ایک ایک چیز نہایت عبرت اور مسرت سے دیکھی، ابھی کچھ عرصے پہلے وہ یہیں رہتا تھا لیکن اس وقت وہ مجبور تھا، آزادی کے ساتھ اپنی مرضی سے ایک محل سے دوسرے محل تک نہ جا سکتا تھا لیکن آج اسے اتنا اختیار حاصل تھا کہ اگر چاہتا تو شاہ عالم ثانی کو پتھر کے بت کی طرح ایک جگہ بیٹھے رہنے کا حکم دے سکتا تھا اور بادشاہ تعمیلِ حکم کے سوا کوئی چارہ نہ رکھتا تھا۔

حاسد شہزادوں نے بادشاہ کو ملامت کی کہ وہ غلام قادر سے خوف زدہ کیوں ہے؟ لیکن بادشاہ نے اپنے آس پاس سہمے ہوتے انداز میں دیکھ کر سرگوشی میں کہا۔ "شہزادو دیکھو ہم اس مثل پر عمل کر رہے ہیں، ہم فی الحال اس بلا کو دہلی سے ٹالنا چاہتے ہیں کیونکہ اگر اس نے یہاں پیر جما دیئے تو اس کا ہلانا مشکل ہو جائے گا!"

بادشاہ نے غلام قادر کو بخشی الممالک (سپہ سالار افواجِ شاہی) کا منصب بخشا اور امیر الامرا اور روشن الدولہ بہادر کے خطاب اور خلعت و تحائف سے سرفراز فرمایا۔ ان نوازشات کے ساتھ ہی مرتبے اور مناصب کے حسب تقاضا جاگیریں مرحمت فرمائیں اور شاہی صرفِ خاص کی جاگیروں کا منتظم مقرر کیا۔

شاہی محلات سے اس کی بڑی یادیں وابستہ تھیں، وہ سرخوشی بیگم سے ملنا چاہتا تھا لیکن کام بہت زیادہ تھا اور وقت کم۔ غلام قادر افواجِ شاہی کے سپہ سالار کی حیثیت سے اپنی جاگیروں پر قبضے اور شاہی صرفِ خاص کی جاگیریں مادھوجی سندھیا سے چھیننے کی خاطر دہلی سے روانہ ہو گیا۔ اس مہم میں اس کا ساتھی اسماعیل بیگ ہم سفر تھا۔ ان دونوں نے دس ماہ سے بھی کم عرصے میں خورجہ، علی گڑھ، فیروز آباد اور آگرے تک کے علاقے فتح کر لئے، مادھو جی سندھیا کی فوجیں ان دونوں سے آٹھ آٹھ دس دس کوس دور رہتیں، مادھوجی نے اپنے ساتھ جاٹوں کو بھی ملا لیا اور ان دونوں نے مل کر غلام قادر کا مقابلہ شروع کر دیا۔ اس عرصے میں بادشاہ مادھوجی سندھیا سے رابطہ قائم کر چکا تھا اور غلام قادر کے خلاف مصروف کر رہا تھا۔ غلام قادر اور اسماعیل بیگ کو اپنی فوج کے لئے روپوں کی ضرورت پیش آئی اور یہ

دونوں اپنی مہمات کو سردست ملتوی کر کے دہلی روانہ ہو گئے تاکہ بادشاہ سے سپاہیوں کی تنخواہ کے لئے رقم حاصل کریں!

لیکن جب یہ دونوں دہلی شہر کے دروازے پر پہنچے تو بادشاہ کے حکم سے اس کے دروازے بند کیے جا چکے تھے اور فصیلوں پر شاہی فوج ان کے مقابلے پر مستعد بیٹھی دکھائی دی، لال قلعے کے مقابل براری گھاٹ پر غلام قادر اور اسمٰعیل بیگ قلعے میں داخلے کی کوشش کر رہے تھے، اسی دوران میں ایک مغل دستہ شاہی فوج سے ٹوٹ کر ان دونوں سے آملا اور شہر کا دروازہ کھول دیا گیا۔ شہر پر غلام قادر کا قبضہ ہو گیا اور قلعے پر شاہی فوج قابض رہی لیکن بادشاہ کی نکمی فوج غلام قادر کا راستہ روکنے میں ناکام رہی اور یہ دونوں ایک بار پھر قلعے کے ناظر منظور علی خان خواجہ سرا کے ذریعے بادشاہ کے روبرو پہنچ گئے۔

بادشاہ نے یکے بعد دیگرے دونوں کو گلے لگا لیا اور کہا۔ "بچو! تم دونوں ہمیں دل سے عزیز ہو اور ہم تمہیں اپنے فرزندوں میں شمار کرتے ہیں!"

غلام قادر نے ملتجیانہ انداز میں کہا۔ "میں ایک بار پھر حضورِ والا سے یہ درخواست کروں گا کہ وہ گزری ہوئی باتوں کو اپنے حافظے سے نکال دیں اور ہم سب کی دستگیری فرمائیں میں آپ سے وعدہ کرتا ہوں کہ اگر آپ ہماری مدد کریں گے تو ہم مرہٹوں کو نربدا کے اس پار بھگا دیں گے اور ایک شاندار اور ماضی کی عظیم الشان روایات کی حامل مغل حکومت کی بنیاد ڈالیں گے لیکن یہ کام بادشاہ سلامت کی اعانت و تعاون کے بغیر مشکل ہے!"

بادشاہ نے خاموشی اختیار کی، غلام قادر نے بادشاہ کو بہت قریب سے دیکھا تھا اور اسے اندازہ تھا کہ بادشاہ بآسانی رقم نہیں دے گا۔ اس وقت اس نے بادشاہ کو تنگ نہیں کیا، اور شاہی محلات کے اس حصے میں چلا گیا جو امیر الامرا کی رہائش کے لئے مقرر تھا۔ اب غلام قادر کا بڑا رعب تھا۔ وہ ایک بااختیار انسان کی طرح اپنی رہائش گاہ سے نکلا اور شاہی محلات کی سیر و تفریح کرنے لگا۔ بادشاہ کی اقامت گاہ کے قریب ایک ایک خواب گاہ اور ایک ایک باورچی خانہ پر مشتمل بہت ساری اقامت گاہیں تھیں، ان میں وہ شہزادے رہتے تھے جنہیں نظر بند کر رکھا تھا اور ان کی نگرانی کے لئے شاہی سپاہی ہر وقت متعین و مستعد رہتے تھے۔

اس نے ان پراسرار اقامت گاہوں کا ذکر تو بہت سنا تھا لیکن اندر سے دیکھنا کبھی بھی نصیب نہ ہوا تھا۔ اب اس کا جی چاہا کہ ان سے بھی ملاقات کرلی جائے لیکن پھر کچھ سوچ کر اپنا ارادہ ملتوی کردیا۔

محل میں رہتے ہوتے غلام قادر کو دو ہفتے گزر چکے تھے اور وہ فوج کی تنخواہ کے لئے بادشاہ سے متعدد تقاضے کرچکا تھا لیکن بادشاہ ہر بار ٹال جاتا۔ اسی دوران میں ایک رات غلام قادر کی خدمت میں شاہی مشاطہ حاضر ہوئی، وہ بہت خوف زدہ تھی کہ وہ اپنی ان سابقہ شاہی خدمات پر معلوم نہیں کن اذیت ناک سزاؤں کی مستحق قرار دی جاتے جو اس نئے امیر الامرا کو زنانے لباس پہنانے اور بناؤ سنگھار کرنے کی صورت میں انجام دے چکی تھی لیکن مشاطہ نہایت ہوشیار اور چالاک عورت تھی، اس نے سرخوشی بیگم کو سپر بنایا اور غلام قادر کی خدمت میں حاضر ہوگئی۔

مشاطہ نے خوشامدانہ انداز میں جلدی جلدی کہا۔ "یہ ناچیز کئی دن سے حضور کی خدمت میں حاضری دینے کا ارادہ کررہی تھی اور سابقہ گناہوں کے خوف سے باز رہتی تھی لیکن اس وقت شہزادی کے ساتھ اس لئے حاضر ہوگئی ہوں کہ حضور کو اس ناچیز کو جو سزا بھی دینا چاہیں جلد از جلد دے دیں تاکہ یہ جو دل میں ایک دھڑکا سا بیٹھ گیا ہے اس سے نجات مل جائے!"

غلام قادر کچھ دیر ان دونوں کو گھورتا رہا۔ اس کے بعد مشاطہ سے کہا۔ "تم ہمیں کچھ یاد مت دلاؤ اور یہاں سے دفعان ہوجاؤ!" یہ کہتے ہوتے اس نے اپنا سر دونوں ہاتھوں سے پکڑ لیا۔ مشاطہ چپ چاپ بھاگ جانے کی نیت سے آہستہ آہستہ دبے قدموں الٹی واپس جارہی تھی، یکایک غلام قادر نے سر اوپر اٹھایا اور جذباتی لہجے میں دونوں کو حکم دیا۔ "اچھا تھوڑی دیر رکو!"

مشاطہ کے قدم زمین پر جم گئے۔ سرخوشی بیگم نے حیا سے اپنا سر جھکا رکھا تھا۔

غلام قادر آہستہ آہستہ قدم اٹھاتا سرخوشی بیگم کے قریب پہنچا اور کانپتے ہاتھوں سے جھکا ہوا چہرہ اوپر اٹھایا اور سینے میں امڈتے ہوتے جذبات پر قابو پانے کی کوشش کرتے ہوتے پوچھا۔ "شہزادی آپ کو مجھ سے کچھ کہنا ہے؟"

سرخوشی بیگم کو کیا کہنا ہے، وہ خود بھی جانتا تھا مگر وہ چاہتا تھا کہ شہزادی خواہش

کا اظہار اپنی زبان سے کرے لیکن شرم و حیا کی پوٹلی نے غلام قادر کی بار بار کی پرسش اور تقاضائے سوال پر ایک غیر متوقع خواہش کا اظہار کیا۔ اٹک اٹک کر گویا ہوئی۔" نظر بند شہزادوں میں ہمارا بھائی بیدار بخت بھی سالہا سال سے مصیبتیں جھیل رہا ہے، براہ کرم اسے آزادی دلا دیں!"

غلام قادر نے کہا۔" بس! اتنی حقیر سی خواہش یا کچھ اور بھی؟"

شہزادی نے جواب دیا۔" یہ معمولی اور حقیر سی خواہش آپ کی نظر میں ہے، ورنہ بادا جان اس درخواست کو بیسیوں بار رد فرما چکے ہیں!"

غلام قادر نے پوچھا۔" لیکن تمہارے بادا جان اتنے ظالم کیوں ہیں؟"

شہزادی روہانسی ہو گئی۔" ہم سب کی بدنصیبی یہ ہے کہ ہم نے شاہی محلات میں آنکھ کھولی، معلوم نہیں کتنے شہزادے ہمارے بھائی بیدار بخت کی طرح نظر بند قیدیوں کی زندگی بسر کر رہے ہیں اور اس پر ستم یہ ہے کہ ان کی ذہانت اور شعور کو مارنے کیلئے بادا جان کے حکم سے انہیں ہر صبح پوست کا عرق پلایا جاتا ہے، اس پوست نے انہیں وقت سے پہلے ہی بوڑھا اور جھول کر دیا ہے۔ بالکل ہڈیوں کا ڈھانچا!"

غلام قادر نے افسوس سے کہا۔" یہ بادشاہی بھی کتنی بری شے ہے کہ انسان کی شرافت اور نیک نفسی کو قتل کر کے رکھ دیتی ہے!" پھر اسے وہ ظلم یاد آئے جن کا وہ خود شکار ہو چکا تھا۔ اس نے بھاری اور بھرائی آواز میں کہا۔" شہزادی! آپ کا بھائی بہت جلد رہا کرا دیا جائے گا۔ اس کے سوا اور کوئی خواہش؟"

سرخوشی بیگم نے آہستہ آہستہ اپنا چہرہ اوپر اٹھایا اور غلام قادر کی آنکھوں میں جھانکنے لگی۔ غلام قادر نے بھی شہزادی کی آنکھوں میں آنکھیں ڈال دیں، اس نے محسوس کیا، شہزادی کی آنکھیں بہت زیادہ روتے رہنے کی وجہ سے اپنی دلکشی اور شگفتگی کھو چکی ہیں، وہ اس وقت بھی ڈبڈبائی ہوئی تھیں، غلام قادر ان آنکھوں کی تاب نہ لا سکا اور منہ دوسری طرف پھیر لیا۔ پوچھا۔" شہزادی! آپ کی شادی ہو چکی یا نہیں؟"

شہزادی کے دل پر گھونسا سا لگا۔ نہایت کرب سے جواب دیا۔" تم جو جواب ہماری آنکھوں میں نہ پڑھ سکے، اس کا زبان سے کیا جواب دیا جاتے؟" پھر مایوسی سے شاطہ کو مخاطب کیا۔" مشاطہ بی! واپس چلو، ہم اب یہاں کبھی بھی نہ آئیں گے!"

غلام قادر نے دل گرفتہ کیفیت میں جواب دیا۔" شہزادی! میں آپ سے درخواست کروں گا کہ آپ شادی کر لیں، میری نظر میں کئی ایسے خوش شکل اور بہادر نوجوان ہیں جو آپ

کی تابعداری اور غلامی پر فخر کریں گے !"

شہزادی اور زیادہ تلملا گئی ۔ اس نے غصے سے غلام قادر کو دیکھا اور جوش میں کہا۔ "ہم یہاں اس لئے نہیں آئے تھے کہ ہم تم سے اپنی شادی کی بات کریں !" پھر مشاطہ کو باہر کی طرف دھکیلتی ہوئی بولی ۔"مشاطہ بی ہم تم سے کہتے ہیں واپس چلو !"

غلام قادر نے جاتی ہوئی سرخوشی بیگم سے بآوازِ بلند کہا۔ "شہزادی ! مجھے آپ سے اتنی ہی ہمدردی ہے جتنی خود اپنے آپ سے ہو سکتی ہے لیکن افسوس کہ میں خود اس لائق نہیں رہا کہ خود کو آپ کی غلامی میں دے دوں، آپ کے باواجان نے مجھے بھی پوست پلایا تھا اور حالتِ بے ہوشی میں مجھ سے وہ شے چھین لی گئی جس سے آپ کے باداجان کے خیال میں شاہی خاندان کی عزت و ناموس خطرے میں تھی !" پھر سر جھکا لیا اور نہایت اذیت ناک انداز میں کہا۔ "اب میں اپنے نامور دادا نجیب الدولہ کی نسل برقرار نہیں رکھ سکوں گا !"

غلام قادر نے اس حصے کا دورہ کیا جہاں بہت سارے شہزادے نہایت درد ناک اور قابلِ رحم زندگی گزار رہے تھے ۔ وہ ان میں بیدار بخت کو تلاش کرتا پھر رہا تھا۔ جب وہ اس شہزادے سے ملا تو اس کی عبرت ناک حالت دیکھ کر غلام قادر کی آنکھیں نم ہو گئیں جب ان بدنصیب شہزادوں کو یہ معلوم ہوا کہ غلام قادر امیر الامرا کی حیثیت سے شہزادوں کی حالت کا اندازہ لگانے آیا ہے تو انہوں نے اسے چاروں طرف سے گھیر لیا اور رو رو کر اپنی حالت زار بیان کی اور غلام قادر کو بتایا کہ انہیں بادشاہ کی کنجوسی کی وجہ سے کئی کئی وقت کے فاقے کرنے پڑ جاتے ہیں ۔ اس وقت بھی وہ فاقے سے تھے ، انہیں بادشاہ کی طرف سے دو ماہ سے کچھ بھی نہیں ملا تھا۔ پریشانی اور فاقہ زدگی نے ان کے گال پچکا دیے تھے اور ان کی آنکھیں گڑھوں میں گھس گئی تھیں ، جنہیں ہر روز علی الصباح پوست پینے کو ملتا تھا ، ان کی حالت تو اور زیادہ بری تھی ۔ اس نے انہیں تسلی دلاسا دیا اور یقین دلایا کہ وہ بادشاہ سے مل کر ان کا دکھ درد دور کرے گا ۔ چلتے وقت بیدار بخت سے کہا۔ "بیدار بختی تمہاری قسمت کے دروازے پر دستک دے چکی ہے ، میں اس دروازے کو کھولنے کے لئے قلعے میں داخل ہو چکا ہوں !"

دوسرے دن سات بجے سے ذرا پہلے غلام قادر اپنے محل سے نکل کر دیوانِ خاص میں داخل ہوا اور اس نے بادشاہ کو طلب کیا۔ یہیں اس نے اپنے ساتھی اسماعیل بیگ کو بھی بلا لیا۔ غلام قادر کی طرف سے بادشاہ کی طلبی کا حکم ایک زلزلہ تھا جس نے آناً فاناً محلاتِ شاہی کو لرزہ براندام کر دیا اور دیکھتے ہی دیکھتے دیوانِ خاص میں مقربین

بارگاہِ شاہی کا مجمع لگ گیا۔ بادشاہ کے عصا بردار میلے کچیلے چیتھڑوں میں تختِ شاہی کے آس پاس کھڑے ہو گئے۔ کنجوس بادشاہ ان عصا برداروں کے لباس اور وضع قطع پر بھی کچھ خرچ نہ کر سکتا تھا۔

تقریباً سات بجے بادشاہ اپنی خلوت گاہ سے نکل کر دیوانِ خاص میں داخل ہوا اور تباہ حال تخت پر بیٹھ کر شاہانہ تکبر سے سوال کیا۔ "تمہیں ہماری ضرورت کیوں پیش آگئی؟ تم لوگ ہماری زیارت سے اس وقت کیوں شرف اندوز ہونا چاہتے ہو؟"

غلام قادر نے اپنے ساتھی اسماعیل کو اشارہ کیا۔ اس نے زبان کھولی۔ "حضورِ والا کے احکام کے مطابق شاہی افواج متھرا پر چڑھائی کرنے والی ہیں لیکن روانگی سے پہلے فوجی اپنی تنخواہیں مانگ رہے ہیں، حضورِ والا اس مد میں تیس لاکھ روپے مرحمت فرمائیں تاکہ قبلۂ عالم کے جاں نثار مرہٹوں کو جمنا کے اس پار بھگا دیں!"

بادشاہ نے قدرے سکوت اختیار کیا۔ اس کے بعد حکم دیا۔ "شاہی خزانچی لالہ سنیل داس کو حاضر کیا جائے!"

اسی وقت لالہ سنیل داس کو بھی حاضر کر دیا گیا۔ بادشاہ نے معنی خیز انداز میں لالہ کو دیکھا اور اسماعیل بیگ سے کہا۔ "ہاں تم اپنا مطالبہ سنیل داس کے سامنے دہرا دو!"

اسماعیل بیگ نے اپنا مطالبہ دوبارہ دہرا دیا۔ بادشاہ نے لالہ سے پوچھا۔ "شاہی خزانے کی کیفیت بیان کرو۔"

لالہ سنیل داس نے آنکھیں بند کر لیں اور جواب دیا۔ "حضورِ والا! مجھے اس بات سے کوئی بحث نہیں کہ پٹھانوں کی خدمات کا کوئی جواز ہے بھی یا نہیں لیکن میں یہ جانتا ہوں کہ خزانہ خالی پڑا ہے اور اس کے صندوقچوں میں ایک پائی بھی موجود نہیں!" اس کے بعد بادشاہ سے بطورِ خاص کہا۔ "جیسا کہ حضورِ والا خود بھی جانتے ہیں کہ ابھی چند سال پہلے جب حضور کی والدہ جنت مکانی نے رحلت فرمائی تھی تو ان کے مقبرے کی تعمیر کے لئے بھی خزانے میں روپیہ موجود نہیں تھا اور انہیں ایک پرانے مقبرے میں دفن فرمایا گیا تھا۔"

غلام قادر نے نہایت ڈرامائی انداز میں جیب سے ایک خط نکالا اور اسے حاضرین کے سامنے پیش کرتے ہوئے کہا۔ "اس ذلیل اور مکار بادشاہ کا یہ خط ہے جو اس نے چند دن پہلے بدمعاش مادھوجی سندھیا کو اس لیے لکھا تھا کہ وہ ہمارے خلاف

بادشاہ کی مدد کرے۔" اس کے بعد وہ بادشاہ کی طرف گھوم گیا اور حقارت سے گھورتا ہوا بولا۔ "اے ڈومنی زادے! میں نے حتی الامکان اب تک یہی کوشش کی ہے کہ میں تجھ سے کوئی محاسبہ نہ کروں اور تیری پچھلی غلطیوں، لغزشوں اور مظالم کو نظر انداز کر دوں لیکن اب میں اس نتیجے پر پہنچا ہوں کہ اصل سے خطا نہیں کم اصل سے وفا نہیں، تیری حرص و ہوا ورثے کی چیز ہے جو تجھے اپنی ماں لال کنور سے ملی ہے، تو نے سینکڑوں شہزادوں کو قید و بند میں رکھ کر، کسی جرم کے بغیر فاقوں کی مار، مار دیا ہے، اب یہ کھیل ختم ہو جانا چاہیئے!" اس کے بعد اس نے اپنے سپاہیوں کو حکم دیا۔ "نام نہاد بادشاہ کے ہتھیار چھین لئے جائیں!"

غلام قادر کے سپاہی بادشاہ کے ہتھیار چھیننے کے لئے آگے بڑھے بادشاہ نے اپنی تلوار کے قبضے پر ہاتھ رکھا، غلام قادر نے غصے میں اپنی تلوار نیام سے باہر نکال لی اور بادشاہ کے دو ٹکڑے کر دینے کے لئے آگے بڑھا لیکن اسی وقت منظور علی خاں خواجہ سرا نے غلام قادر کو ایسا کرنے سے روک دیا۔ بولا۔ "بس اے معزز روہیلے سردار بس!"

بادشاہ نے خوف زدہ ہو کر خود کو حالات کے حوالے کر دیا۔ غلام قادر کے سپاہی آگے بڑھے اور بادشاہ کو نہتا کر دیا اور پھر بے دست و پا کر کے اسے دیوانِ خاص ہی کے ایک کمرے میں قید کر دیا گیا۔ غلام قادر نے چند سپاہیوں کو حکم دیا۔ "اس ذلیل انسان کو تا حکم ثانی کھانے پینے سے محروم رکھا جائے تاکہ اسے بھی پتہ چلے کہ بھوک پیاس میں آدمی پر کیا گزرتی ہے؟" اس کے بعد اس نے قید سے بیدار بخت کو باہر نکلوایا اور اسے بادشاہ کے تخت پر بٹھا دیا۔

دو دن بعد غلام قادر نے بھوکے بادشاہ سے ملاقات کی، اس وقت شہزادہ بیدار بخت تخت پر بیٹھا تھا۔ اس کے برابر ہی غلام قادر بیٹھا حقہ پی رہا تھا اور دھواں از راہِ تفننِ طبع بیدار بخت کے منہ پر چھوڑ رہا تھا۔ اس طرح وہ بوڑھے بادشاہ کو یہ جتا رہا تھا کہ تاج و تخت حقیر سی چیزیں ہیں اصل چیز یہ طاقت ہے جس سے دولت کی طمع میں تم محروم ہو گئے ہو۔ اس نے ایک بار پھر بادشاہ سے رقم کا مطالبہ کیا۔ بھوکے پیاسے بادشاہ نے نحیف آواز میں جواب دیا۔ "غلام قادر! اگر تم ابھی تک یہی سمجھ رہے ہو کہ ہم نے کوئی خزانہ چھپا رکھا ہے تو وہ خزانہ ہمارے جسم کے اندر ہوگا اور اسے تم ہمارا پیٹ

چاک کر کے نکال سکتے ہو!"

غلام قادر نے بادشاہ کو بری طرح ڈانٹا پھٹکارا اور بادشاہ کو بتایا کہ اب تک وہ شاہی محلات سے پچیس کروڑ کے زر و جواہر حاصل کر چکا ہے، اس نے تحقیر آمیز انداز میں بادشاہ کے قدموں میں تھوکتے ہوئے کہا۔ "تم عجیب پتھر دل انسان ہو کہ ذلتیں اور صعوبتیں برداشت کرتے ہو لیکن دولت کا پتہ نہیں بتاتے!"

اس کے بعد غلام قادر نے بیدار بخت کو حکم دیا۔ "بیدار بخت! تمہارا مجرم تمہارے سامنے ہے تم تازیانوں سے اس کی مزاج پرسی کر سکتے ہو۔"

سالہا سال کا ستم زدہ بیدار بخت تخت سے اترا اور شاہ عالم ثانی پر تازیانوں کی بارش کر دی۔

بادشاہ ایک بار پھر بند کر دیا گیا۔ اس کے بعد غلام قادر نے نامی گرامی اور سر برآوردہ انیس[19] شہزادوں کو اپنے روبرو طلب کیا۔ ان میں ولی عہد سلطنتِ مغلیہ شہزادہ اکبر بھی شامل تھا اور شہزادہ اظفری بھی، غلام قادر نے انہیں نفرت و کراہت سے دیکھا اور پوچھا۔ "کیا تمہیں ناچنا گانا آتا ہے؟"

شہزادوں نے انکار میں گردنیں ہلائیں، غلام قادر نے شہزادے اکبر کو حکم دیا۔ "آگے بڑھو اور میرے پیر دباؤ!"

ولی عہد بے چون و چرا آگے بڑھا اور غلام قادر کے پیر دابنے لگا۔

غلام قادر نے بقیہ شہزادوں کو حکم دیا۔ "ہاں رقص شروع کرو!"

شہزادوں کو تامل ہوا تو غلام قادر نے تلوار نیام سے نکال لی، شہزادے خوف زدہ ہو کر کھڑے ہو گئے۔ انہوں نے اپنے کانوں پر ہاتھ رکھے اور آوازیں ملا کر گانا شروع کر دیا۔ غلام قادر نے تلوار ایک طرف رکھ دی اور خنجر نکال کر ہاتھ میں لے لیا اور حکم دیا۔ "رقص، رقص، میں تم سب کا ناچ بھی دیکھنا چاہتا ہوں!"

شہزادوں نے بلا عذر کولہے مٹکا مٹکا کر اور گردنیں ہلا ہلا کر ناچنا شروع کر دیا۔ غلام قادر نے اپنا خنجر بھی ایک طرف رکھ دیا اور ولی عہد کے زانو پر سر رکھ کر سو گیا۔ تنہا غلام قادر سو رہا تھا اور انیس[19] مغلیہ شہزادے ناچ گانے میں مصروف تھے۔ کچھ دیر بعد جب وہ سو کر اٹھا تو اس نے تمام شہزادوں کے ایک ایک دھول رسید کی اور ذلیل کرتے ہوئے کہا۔ "بے غیرتو! یہ بزدلی اور حکومت کا خیال، میں تنہا تھا۔ تلوار اور خنجر ایک طرف رکھے سو رہا تھا تم انیس[19] تھے، اگر تم میں ذرا بھی غیرت و حمیت موجود ہوتی تو تم مجھے ہلاک کر

دیتے لیکن آج معلوم ہوا کہ غیرت و حمیت نام کی کوئی شے بھی خاندان تیموریہ میں باقی نہیں رہی!"

بادشاہ کی معزولی کے پندرہ دن بعد غلام قادر نے اسے ایک بار پھر طلب کیا۔ اس وقت شاہی خاندان کے دوسرے لوگ بھی وہیں موجود تھے اور غلام قادر کے سپاہی بھی آس پاس کھڑے تھے، بادشاہ کی بیگمات اور چند شہزادیاں بھی وہیں موجود تھیں۔ غلام قادر نے ایک بار پھر بادشاہ سے دریافت کیا۔" وہ خزانہ کہاں ہے جسے تم نے حقوق العباد پر ڈاکا ڈال کے چھپا رکھا ہے!"

بادشاہ نے غصے میں جواب دیا۔" بے وقوف نوجوان! ہم کہہ تو چکے ہیں کہ وہ ہمارے پیٹ میں چھپا ہوا ہے اسے چیر کر نکال لو!"

غلام قادر غصے میں آگے بڑھا اور بادشاہ کو پچھاڑ دیا۔ بولا۔" خزانہ کہیں بھی ہو، اس کا پتہ نہ بتا لیکن آج میں تجھے اس لائق نہیں رکھوں گا کہ تو آیندہ کبھی اپنے خزانے کی زیارت کر سکے۔" اس نے اپنی کمر سے خنجر نکالا اور اس کی نوک بادشاہ کی داہنی آنکھ کے گوشے میں اتار دی اور خنجر کو ذرا آڑا کر کے آنکھ نکال لی۔ شاہی بیگمات اور شہزادیوں نے چیخنا چلانا شروع کر دیا۔ اس کے بعد دوسری آنکھ ایک دوسرے سپاہی کو حکم دے کر نکلوالی۔

معلوم نہیں کدھر سے سرخوشی بیگم روتی چیختی غلام قادر کی طرف بڑھی اور چلا کر کہا۔" ہائے یہ کیا کر دیا؟"

غلام قادر دو قدم پیچھے ہٹ گیا اور شہزادی کو جواب دیا۔" شہزادی! میں نے اس خبیث انسان سے کوئی بدلہ نہیں لیا۔ اس کے جرائم کی طولانی فہرست اتنی بھیانک اور دہشت ناک ہے کہ بدترین سے بدترین سزا بھی ناکافی ثابت ہوگی۔ اس لئے میں آپ سے یہ درخواست کروں گا کہ آپ ایک ظالم کی تادیب پر اپنے معصوم آنسو نہ گرائیں!" اس کے بعد غلام قادر نے نابینا بادشاہ کو مخاطب کیا۔" او دغاباز ظالم انسان! تو نے اپنے کئے کی سزا پائی۔ میں نے بہت تحمل سے کام لیا اور یہ کوشش کی کہ تجھے معاف کر دیا جاتے لیکن مجھ سے زیادہ تو خود اپنا دشمن نکلا، تو تو اس کا مستحق ہے کہ تیرے جسم کے اعضا کاٹ کاٹ کر چیل کوؤں کو کھلا دیے جائیں۔" پھر ایک سرد آہ بھری۔" تو نے ایک کافر کی ایما اور جھوٹے ناموس کی خاطر مجھ سے جو سلوک کیا تھا اب اس کی کسی طرح بھی تلافی نہیں ہو سکتی!"

اس کے بعد بادشاہ کو ایک بار پھر دیوانِ خاص کے ایک کمرے میں قید کر دیا گیا

یہیں ایک دیوار پر لکھا ہوا تھا۔

اگر فردوس بروئے زمین است

ہمین است و ہمین است و ہمین است

اور نابینا بادشاہ اس جنّت ارضی کو قیدخانے کی طرح کام میں لا رہا تھا۔

من درچہ خیالیم فلک درچہ خیال۔

مادھوجی سندھیا نے نہایت ہوشیاری سے غلام نادر کے خلاف سازش کا جال بچھا دیا۔ اس نے غلام قادر کے طاقت ور ساتھی اسماعیل بیگ کو لالچ دے کر ملا لیا، جب غلام قادر کو اس کا علم ہوا تو اس نے نہایت افسوس کا اظہار کیا اور قلعے کو چھوڑنے کا فیصلہ کر لیا۔ اس نے مرخوشی بیگم سے الوداعی ملاقات کی اور افسوس کا اظہار کرتے ہوئے کہا۔ "شہزادی! میں نے جو کچھ کیا وہ اس کے مقابلے میں کچھ بھی نہیں جو بادشاہ کر چکا ہے، بہرحال میں دہلی سے جا رہا ہوں، میرا ساتھی اسماعیل بیگ بدقسمتی سے مادھوجی کے ہاتھ بک چکا ہے، لال قلعے ہندوستان اور مسلمانوں کی قسمت میں شاید یہی لکھا جا چکا ہے کہ وہ اپنے غلاموں کی غلامی میں چلے جائیں، اگر قسمت نے ساتھ دیا تو میں ایک بار پھر یہاں آنے کی کوشش کروں گا اور اپنی قوم کو ہندوؤں کی غلامی سے نجات دلانے کی بھرپور سعی کروں گا لیکن اگر ناکام رہا تو پھر اس کوشش میں جان دے کر منہ چھپا لوں گا!"

شہزادی ہچکیاں لے لے کر رونے لگی، بولی۔ "بیدار بخت کا کیا ہوگا؟"

غلام قادر نے جواب دیا۔ "میں نے تو یہی کوشش کی تھی کہ اس کے سوئے ہوئے بخت کو بیدار کر دوں لیکن ایسا معلوم ہوتا ہے کہ پلائی جانے والی پوست نے اس کے جسم کے ساتھ ساتھ قسمت تک کو سلا دیا ہے، شاید یہ اسی کی بدقسمتی تھی جو مجھے بھی لے ڈوبی!"

بدقسمت غلام قادر قلعے سے نکلا۔ اسماعیل بیگ نے مرہٹوں سے مل کر اسے گرفتار کرنے کی کوشش کی لیکن ناکام رہا اور غلام قادر سہارنپور ملتا ہوا میرٹھ کے قلعے میں داخل ہو گیا۔ مرہٹوں نے قلعے کا محاصرہ کر لیا۔ غلام قادر ایک ماہ تیرہ دن قلعے میں محصور رہا اور جب قلعے سے نکل کر مرہٹوں کا حصار توڑنا چاہا تو سخت معرکہ برپا ہوا۔ غلام قادر نے مرہٹوں کا حصار توڑ دیا اور اپنے آبائی قلعے غوث گڑھ کی راہ پر ہو لیا، رات نے دنیا کو تاریکی کی چادر اڑھا دی اور غلام قادر تنہا اٹکل سے اپنی منزل کی طرف بڑھتا رہا۔ ایک جگہ رات کے اندھیرے

میں گھوڑا ایک کنوئیں میں گر گیا جس سے گھوڑے کی ٹانگ ٹوٹ گئی، غلام قادر بمشکل باہر نکلا اور ایک گاؤں میں پناہ لی۔ غلام قادر نے صاحب خانہ سے کہا۔ "مجھے ایک گھوڑا درکار ہے، میں اس کا تمہیں بہت اچھا معاوضہ دوں گا!"

صاحب خانہ ہندو برہمن تھا۔ اس نے چراغ کی روشنی میں اس خوب صورت نوجوان کو دیکھا اور گھوڑے کا انتظام کرنے چلا گیا۔ جب وہ واپس آیا تو ہزاروں مرہٹہ گھڑ سوار اس کے ساتھ تھے، اس نے ایک گھوڑا مانگا تھا' برہمن ہزاروں گھوڑے چڑھا لایا۔

غلام قادر نے نفرت سے کہا۔ "دھوکے باز انسان، تجھے خدا جہنم واصل کرے!"

برہمن نے جواب دیا۔ "میں نے جو کچھ کیا ہے، دھرم کی خاطر کیا ہے اور میں خوش ہوں کہ میں نے تجھے گرفتار کرا کے اپنی قوم اور دھرم کی ایک عظیم الشان خدمت انجام دی ہے!"

چاروں طرف سے نرغے میں لے کر غلام قادر کو گرفتار کر لیا گیا بدقسمتی سے اس دستے کا سردار بھی علی بہادر نامی ایک مسلمان ہی تھا۔ ایک مرہٹہ سوار نے قیدی غلام قادر کے پاؤں میں اپنا نیزا اتار دیا۔ پھر اسے زنجیروں میں جکڑ کر مادھوجی سندھیا کی خدمت میں روانہ کر دیا گیا۔ مادھوجی نے غلام قادر کی گرفتاری کی خوشی میں اپنی فوج میں پانچ سو روپے کی مٹھائی تقسیم کی۔

مادھوجی نے اس خوف ناک رد ہیلے نوجوان کو ایک عرصے بعد نظر بھر کے دیکھا، اسے اس کی صورت میں اس افغانی کی شبیہہ نظر آ رہی تھی جس نے ۱۷۶۱ء کی جنگ میں اسے ننگا بچا کر کے ہمیشہ کے لئے لنگڑا کر دیا تھا۔

مادھوجی نے اسے جانوروں کے باڑے میں بند کرا کے حکم دیا کہ "اس کے کھانے میں برابر کا نمک شامل کیا جاتے!"

حکم کی پوری پوری تعمیل ہوئی۔ کچھ دن بعد دوسرا حکم دیا۔ "استرے اور قینچی کی مدد سے جسم کی کھال ادھیڑ دی جائے اور پھر اسے آگ سے داغا جائے!"

اس حکم کی تعمیل بھی کر دی گئی۔ تیسرا حکم دیا گیا۔ "غلام قادر کی دونوں آنکھیں نکال لی جائیں!"

آنکھیں بھی نکال لی گئیں، آنکھوں کے بعد ہاتھ پیر کاٹ دیئے گئے اور یہ چیزیں نابینا بادشاہ کی خدمت میں روانہ کر دی گئیں۔

نابینا بادشاہ نے غلام قادر کے اعضا کو ٹٹولتے ہوتے پوچھا۔ "غلام قادر کہاں ہے؟"

سندھیا کے آدمی نے جواب دیا۔ "اس کی آنکھیں اور ہاتھ پیر تو حضورِ والا کے سامنے رکھے ہیں اور جسم مترلے یا رہ چیل دو درخت سے ٹنگا ہوا ہے!"

پردے کے پیچھے بیگمات اور شہزادیاں بھی یہ باتیں سن رہی تھیں، سرخوشی بیگم نے ضبط کی کوشش میں دونوں ہونٹ بھینچ لیے لیکن سسکی نکل ہی گئی۔ بادشاہ کے کان کھڑے ہوتے، پوچھا۔ "یہ سسکی کس نے بھری؟"

کسی نے جواب دیا۔ "بی بی سرخوشی بیگم نے!"

بادشاہ زہر خند کرتا ہوا بولا۔ "تو اس نمک حرام کی موت پر آنسو بہانے والے ہمارے محل میں بھی موجود ہیں!"

اس کے بعد بادشاہ نے محل سرا کے نئے ناظر سے پوچھا۔ "کیا قبر تیار ہے؟"

ناظر نے جواب دیا۔ "قبلۂ عالم!"

بادشاہ نے پھر سوال کیا۔ "وہ بدبخت کہاں ہے؟ یعنی بیدار بخت؟"

ناظر نے جواب دیا۔ "حضورِ والا! وہ اپنی قبر کے سرہانے کھڑا آنسو بہا رہا ہے!"

"اچھا اچھا!" بادشاہ مسکرایا۔ "ہمیں بھی وہیں لے چلو!"

ناظر نے بادشاہ کا ہاتھ پکڑا اور ایک طرف لے چلا۔ اسی وقت سرخوشی بیگم بھی اپنی ماں کے ساتھ روتی ہوئی بادشاہ کے قدموں میں گر گئی، بولی۔ "قبلۂ عالم رحم۔ بیدار بخت کو معاف کر دیجئے!"

بادشاہ نے ناظر سے کہا۔ "انہیں ساتھ لے چلو!"

ان دونوں کے رونے دھونے کا بادشاہ پر کوئی اثر نہ ہوا۔ بادشاہ کو ایک کھدی ہوئی قبر کے قریب کھڑا کر دیا گیا، اس کے سرہانے دو سپاہی بیدار بخت کو پکڑے کھڑے تھے، بادشاہ ٹٹولتا ہوا بیدار بخت کی طرف بڑھا، دونوں سپاہیوں نے بادشاہ کی مدد کی اور بیدار بخت کی کمر پر بادشاہ کا ہاتھ رکھ دیا۔ بادشاہ نے پوچھا۔ "قبر کہاں ہے؟"

ناظر نے جواب دیا۔ "حضورِ والا! بدبخت بیدار بخت کے بالکل سامنے!"

بادشاہ نے پوری قوت سے بیدار بخت کو دھکا دیا۔ کمزور بیدار بخت منہ کے بل قبر میں جا گرا۔ سرخوشی بیگم اور اس کی ماں دوڑ کر قبر میں اتر گئیں اور چیخیں مار مار کر رونے لگیں۔

بادشاہ نے دریافت کیا۔ "یہ دونوں عورتیں کیا کر رہی ہیں؟"

ناظر نے جواب دیا۔ "قبلۂ عالم! اس وقت وہ دونوں بھی قبر کے اندر بد بخت بیدار بخت سے لپٹی واویلا کر رہی ہیں!"

"اچھا اچھا!" بادشاہ مسکرایا۔ پھر ناظر کے چہرے کو ٹٹول کر کان پکڑ لیا اور اس سے منہ لگا کر سرگوشی میں کہا۔ "ناظر! معاملے کو طول مت دو، خدا ہمیں معاف کرے، ان دونوں کو بیدار بخت سے جدا مت کرو، نمک حرام غلام قادر جہنم میں ان کا منتظر ہوگا، انہیں مت روکو، جانے دو!"

ناظر بادشاہ کا مطلب سمجھ گیا اور اس نے سپاہیوں اور گورکنوں کو حکم دیا کہ ان تینوں کو مٹی دے دی جائے!

گورکن اور سپاہی چاروں طرف سے مٹی دینے لگے، انہوں نے گھبرا کر قبر سے نکلنے کی کوشش کی تو گورکنوں نے انہیں اپنے کدال سے مار مار کر قبر میں گرا دیا۔ تینوں کے چیخنے چلانے کی دردناک آوازیں شاہی محلات کی سنگین دیواروں میں ڈوب گئیں۔

بادشاہ نے واپس آتے ہوئے ناظر کو حکم دیا۔ "اور دیکھو جملہ مقید شہزادگان کو ان بد بختوں کے حشر سے آگاہ کر دیا جائے اور وہ شہزادے جو متمردانہ خو بو رکھتے ہیں انہیں پوست کے دو پیالے روزانہ پلائے جائیں۔ ایک صبح دوسرا شام کو اور ان کے معاشی حالات بطورِ خاص پراگندہ اور ابتر رہیں!"

ناظر نے جواب دیا۔ "بہت خوب قبلۂ عالم!"

بادشاہ نے کہا۔ "اچھا اب تم ہمیں تسبیح خانے میں پہنچا دو، ظہر کا وقت تو ہو چکا ہوگا، اب ہم اپنے رب کے حضور اپنی فتح مندی اور کامرانی پر شکرانے کا سجدہ ادا کرنا چاہتے ہیں، اللہ اکبر اللہ اکبر!"